AF236791

Jagdgeschichten
und andere kleine Katastrophen

Für Christina

Bibliografische Information der Deutschen Nationalbibliothek:
Die Deutsche Nationalbibliothek verzeichnet diese Publika-
tion in der Deutschen Nationalbibliografie; detaillierte bibliografische Daten sind im Internet über http://dnb.dnb.de abruf-
bar.

Herstellung und Verlag: BoD – Books on Demand, Nor-
derstedt

ISBN: 978-3-7526-8906-8

Jagdgeschichten und andere kleine Katastrophen

Von Peter Schneider

Wie schon in meinen vorherigen Büchern, der „Weg zum eigenen Roboter Band I und II", möchte ich nun ein weiteres Thema / Hobby in meinem Leben vorstellen und wie dem eifrigen Leser meiner Bücher bekannt ist, mit etwas Humor und Comiczeichnungen untermalen. Lassen wir uns nun mein neues Hobby beleuchten, die Jagd und werden hier und da ein paar andere lustige Themen und etwas Prosa, aus meinen Anfängen als Autor, aufgreifen.

Das wird dann immer unvorbereitet und in keinem ersichtlichen Zusammenhang erfolgen.

So wie das Leben nun mal spielt.

Jagdgeschichten und andere kleine Katastrophen

Mein persönlicher Dank gilt folgenden Personen, die unermüdlich an der Fertigstellung dieses Buches mitgearbeitet haben und die manchmal doch recht eigenwilligen Ideen des Autors in Bilder umsetzten.

Nicht zu vergessen, das Korrekturlesen, welches sich als eine der aufwendigsten Arbeiten herausstellte.

Jürgen Rösler (Korrekturlesen)

Christina Pagels (Beratung und Ehefrau des Autors)

Gerd Lehmann (Comic Zeichnungen)

Jagdgeschichten und andere kleine Katastrophen

Jagdgeschichten und andere kleine Katastrophen

Inhaltsverzeichnis

Vorwort

An dieser Stelle würde ich erst mal gerne beschreiben, wie meine Frau und ich zur Jagd gekommen sind.

Alles fing damit an, dass ich bei Freunden saß und lautstarke Erklärungen über die „Schlächter" am Wild zuhören musste. Jäger, Menschen mit niedrigen Instinkten, ungebildet und keine Ahnung von der Natur. Denn, die Natur hilft sich grundsätzlich selbst. Da braucht es keinen sogenannten Regulierer.

Wenn ich etwas nicht verstehe, oder wenn sich Menschen über andere

Menschen sehr schlecht äußern, dann entsteht bei mir immer so was, wie eine, zum Teil ungewollte, Gegenreaktion. Ich bin dann immer bestrebt, mehr über das Thema zu erfahren. Oder, für den „nicht" Anwesenden einzutreten.

Sind Jäger wirklich so schlechte Menschen, kam in mir hoch?

Mein mit 90 Jahren verstorbener Opa war angeblich auch Jäger, obwohl ich mich nicht an Geschichten über die Jagd erinnern kann. Opa hatte immer nur ein Thema, der Krieg. Als Offizier in der Wehrmacht war er überzeugter Soldat. Hat er dafür bezahlt?

Ja, mehr als unsere Generation sich vorstellen kann. Das Foto, das er mir mal zeigte, war aufgenommen worden, als er gerade aus mehrjähriger russischer Gefangenschaft gekommen war. Er sah da genauso aus, wie die KZ-Opfer im dritten Reich. Aber genug davon.

Also, Opa war auch Jäger und ich habe Ihn nicht als schlechten Menschen kennen gelernt. Soll ja typisch für Opas sein.

Wie das Leben manchmal so spielt, ist einer meiner Kollegen im Schützenverein auch Jäger und hat mich zu einem der Jagd-Clubabende mitgenommen.

Seltsam, Professoren, Doktoren, Angestellte, Rentner und Arbeiter. Alles „normale" Menschen, die ich da getroffen habe. Gäste waren und sind bei den Clubabenden immer willkommen und so kam ich nach und nach ins Gespräch mit „den" Jägern.

Was ich hörte, über die Aufgabe der Hege und der Verantwortung gegenüber dem Wild und den gegensätzlichen Forderungen der Jäger, Jagdbehörden und Forst- und Ackerlandbesitzer war hoch interessant.

Das war 2017 und zu Beginn 2018 war die Idee geboren, eine Jagdschule zu besuchen. Großartig, meine Frau wollte mitmachen und so besuchten wir, mit Erfolg, 2018 eine Jagdschule.

Hier ein paar Tipps für die Naturschützer, Tierschützer und nicht Jäger

1) Der Hirsch ist nicht der Mann vom Reh. Der Mann vom Reh ist der Rehbock.

2) Waidmannsdank sagen die Jäger nur, wenn der Jäger ein Stück erlegt hat, oder eine Auszeichnung / Ehrung z.B. Zeugnis für eine bestandene Prüfung erhalten hat.

3) Für die sogenannten Tierschützer, die in den Großstädten wohnen. Es ist natürlich schwierig vom heimischen Sofa aus, im sechsten Stock, Wohnblock 23b nachzuvollziehen, dass der Jäger nicht ins Jagdrevier fährt, sich auf den die Kanzel oder Hochsitz setzt und nach ein paar Minuten Wild erlegt. Die harte Wahrheit sieht anders aus, auch wenn die PETA Jünger das nicht akzeptieren werden / wollen. Ich würde sagen es benötigt durchschnittlich ca. 30 - 60 Stunden Ansitzzeit, auf teilweise saukaltem Sitz, in der finsteren Nacht, denn die Hauptjagdzeit sind die Wintermonate, bevor der Jäger wieder Jagdglück hat und etwas erlegt. Wir haben einen Jäger bei uns im Revier, der min. einmal die Woche ins Revier fährt und schon seit mehr als vierzehn Monaten kein Jagdglück hatte.

4) Die überwiegende Mehrheit der Jäger in Deutschland erlegt das Wild zum eigenen Verzehr oder Wildfleischverkauf und nicht zum Vergnügen ein Wildtier zu töten.

Die allererste Jagd steht an, Oktober 2018

Christina und ich erhielten unsere erste Einladung zur Jagd von einem Ehemann einer Arbeitskollegin, den wir auf einer Dienstreise nach New York kennengelernt hatten und Ihm im Laufe der abendlichen Treffen erzählt hatten, dass wir gerade in der Jägerausbildung sind.

Tolle Sache, das mit der Jagdeinladung und doch hatten wir nun ein kleines Problem. Wir waren im Besitz einer einzigen Jagdwaffe, einer alten R93 von der Firma Blaser. Der Jagdschein war ja gerade erst im September gelöst worden und somit war unser Jungjägerequipment bei weitem noch nicht vollständig.

Meine liebe Frau Christina erklärte sich bereit zu den Treibern zu wechseln und mir den Vortritt der Jagd zulassen. Eine Entscheidung, die sie später zum Teil bereute. Also haben wir dem Jagdleiter zugesagt, mit dem Hinweis, ein Treiber und ein Schütze.

Das Equipment „noch nicht vollständig" ist ein guter Witz. Wenn man zum ersten Mal zur Jagd geht, hat man wahrscheinlich, vielleicht sogar

mit Sicherheit, an diesem Tag den prall gefülltesten Rucksack von allen anwesenden Jägern. Um 09:00h wurde zum Sammeln geblasen

4

und nach kurzer Einweisung und Verlesen der UVV wurde ich meinem Ansteller / Einweiser zugeteilt und auf einen Anhänger verfrachtet, der mich zum Hochsitz bringen sollte. Christina schloss sich den Treibern an und los ging unser erstes Jagderlebnis.

Nach einer gefühlten Ewigkeit waren wir an meinem mir zugewiesenen Platz angekommen.

Platz ist richtig. Was ich nicht wusste war, dass ich nur an einem möglichen Wildwechsel angestellt wurde, ohne Hochsitz oder ähnlicher Jagdeinrichtung.

Der Einweiser meinte, von vorne kommt wahrscheinlich das Wild und ich habe einen Schussbereich, links und rechts von jeweils 45°. Das sollte ich auch einhalten, denn links wäre ein Waldweg und rechts schon ein anderer Schütze. Um 10:00h geht es los und um 13:00h hole holt er mich wieder ab, war die Ansage.

Da stand ich nun mit meinem vollgepackten Rucksack, 20 Schuss Munition, eine Kurzwaffe mit 10 Schuss Munition, Fernglas (ein besonders großes für die Jagd in der Dämmerung), Thermoskanne und und und …

Mittlerweile verzichte ich übrigens auf die Kurzwaffe und auch nur noch max. 5 Schuss nehme ich mit auf die Jagd, aber als Jungjäger will man ja vorbereitet sein und Strecke machen.

Wie gut, dass mein überladener Rucksack, den Rest des Inhaltes verschweige ich lieber, aber ein Überleben für ein paar Tage in der Wildnis wäre sicherlich möglich gewesen bei der Ausrüstung, einen Klappsitz als Rückenstütze hat.

Von anderen Jägern, die das gleiche Schicksal ereilte, hörte ich später, dass sie mehr als drei Stunden im Wald gestanden haben und sich einen Hocker sehnlichst herbeigewünscht hätten.

Also frisch ans Werk und erst mal die Gegend überprüfen, Waffe laden und anschließend sich endlich auf den Sitz niedersinken lassen.

Mist Position, ich sehe ja gar nichts. Also Stuhl und Rucksack ein Stück zur Seite wuchten, ...insgesamt dreimal. Wenn bis dahin das Wild nicht wusste, dass der Jäger da ist, dann musste das gute Stück taub sein.

Nun aber los, mit sicherem Blick durch das Fernglas die Gegend absuchen, natürlich mit vielen Bewegungen. Echt nichts los hier, ja dann kann ich ja mal ein paar Anschlagsübungen machen falls das Wild plötzlich auftauchen sollte, will man ja vorbereitet sein. Ich korrigiere, „Taub" und „Blind".

Irgendwas vergessen, ja wir hatten doch gelernt sich mit seinem Jagdnachbarn zu verständigen fällt mir brennend ein (nach einer halben Stunde). Doof keiner zu sehen.

Plötzlich, bei voller Verstärkung meines Gehörschutzes, höre ich Stimmen, aber von hinten? Ein älteres Ehepaar steht auf dem Waldweg bei mir in der Nähe und diskutiert lautstark.

Ah, sie haben mich gesehen und den Kollegen weiter links, den ich zwar nicht im Blickfeld habe, auch. Ich kann ihn nicht sehen, weiß aber, dass er dort stehen muss. Gegen diese Übermacht von bewaffneten und grimmig aussehenden Personen entscheidet sich das ältere Paar für den Rückzug, der sie sicherlich an dem aufgestellten Schild „Heute Jagdausübung" vorbeiführen wird.

Endlich kommt Leben in den Wald vor mir. Ich höre die Treiber seitlich an mir vorbeiziehen und auch die Stimme meiner Frau kann ich heraushören. Die Treiber ziehen mit ihrem Hepp Hepp Hepp Rufen langsam an mir vorbei. Aber wo war bzw. ist das Wild?

Da, ich rieche einen intensiven Maggie-Geruch und ein Klappern im Gebüsch vor mir… und? Das Klappern verzieht sich und mit ihm der

Geruch der Wildschweine. War das alles frage ich mich? Was ist schiefgelaufen? Mittlerweile höre ich aus der Ferne die Schüsse der anderen Jäger, aber bei mir passiert überhaupt nichts mehr. Um 13:00h ist Hahn in Ruh und ich räume meine Sachen zusammen und entlade die Waffe. Kurz bevor ich abgeholt werde rieche ich wieder den Maggie-Geruch und lautes Rascheln im Wald hinter mir sagt mir, „Hallo Jäger" wir haben dich einfach umgangen, weil wir uns nicht über den eigenen Haufen schießen lassen wollten. Das Grinsen in den Gesichtern der Sauen kann ich mir lebhaft vorstellen.

Ich tröste mich mit der Erfahrung, einmal allein im Wald gewesen zu sein und noch nie solch eine Ruhe genossen zu haben.

Eigentlich fühle ich mich erleichtert und entspannt, ein großartiges Gefühl, von dem schon viele Jäger berichtet haben, in der Jagdausbildung.

Der Wagen kommt an, sammelt mich ein und bringt uns zum Lagerplatz, wo das Schüsseltreiben bereits im vollen Gange ist. Hier treffe ich auch meine liebe Frau, die schon eine Vermisstenmeldung aufgeben wollte, da wir anscheinend die letzten Jäger sind, die auf dem Lagerplatz eintreffen.

Ich werde umarmt mit den Worten „Ich bin völlig fertig". Ein Würstchen und etwas Cola wecken wieder die Lebensgeister meiner Frau und sie erzählt mir ausführlich, dass sie viermal durch den Wald gegangen sind und natürlich als Treiber durch alles Buschwerk etc… was sich so

alles einem in den Weg stellt.

Ja, der Büromensch in uns hat an der Kondition genagt und beim letzten durchlaufen meint sie, haben sich sämtliche Wurzeln und Schlingpflanzen sich gegen sie verschworen.

Dafür hat sie mehrere Stücke Wild gesehen, die von ihr aufgescheucht wurden. Sie ist sich auch nicht sicher, ob das letzte Wildschwein sich mehr erschreckt hat als sie, als sie aufeinander trafen. Fragen können wir die Sau nicht mehr, da es wenige Meter von Christina bereits, von einem sehr guten Schützen, mit einem Blattschuss gestreckt wurde.

Wir schauen uns an, wie man professionell die Sauen aufbricht und schlendern weiter über den Lagerplatz.

Etwas später wird die Strecke gelegt und verblasen. Anschließend werden die Schützen geehrt und der Bruch übergeben. Die vielen neuen Eindrücke überwältigen meine Frau und mich und nach einer Weile am Lagerfeuer entscheiden wir uns die Heimreise anzutreten. Wir suchen noch unseren Jagdleiter und seine Frau, unsere Arbeitskollegin und verabschieden uns mit entsprechendem Dank für die Einladung und das großartige Jagderlebnis was wir beide erfahren durften.

Die zweite Jagdeinladung

Bewegungsjagd auf Hasen, organisiert vom unserem Jagdclub. Fragt sich wer sich mehr erschreckt hat, der Hase oder ich.

Jedenfalls war ich gedanklich schon am Ende der Jagd angekommen, als plötzlich „DER" Hase auf mich zu läuft.

Was tun? Ein zu lauter Klick und die bereits gesicherte Flinte war bereit. Ein Klick des Sicherungshebels, den auch der Hase hörte und

ebenso schnell darauf reagierte wie ich. Fragen stiegen in mir auf:

- Soll ich wirklich schießen?
- Ist ein Kugelfang vorhanden?
- Ist keine andere Person gefährdet?

Alles Fragen, die wir uns stellen sollen, sowie in der Jagdschule gelernt. Eine Zeit, die der Hase zum Kurswechsel nutzte.

Der Schuss bricht und wo zuvor der Hase noch war, wirbelt der einschlagenden Schrot Blätter und Staub auf. … und weg war er, mein erstes Jagdwild!!!

10

Okay, zur Ehrenrettung (vielleicht), alle anderen Jäger hatten gar keine Gelegenheit zum Schuss. Am selben Abend ist Hubertusfeier bei unserem Jagdverein, bei der Christina und ich unseren Jägerschlag erhielten. In dem Zusammenhang wurde mir erklärt, wenn es keine Hubertusfeier gegeben hätte, dann hätte man mit mir ein Jagdgericht abgehalten, da ich das einzige Wild für den Jagdherrn hätte schießen können und es verfehlt habe.

Ja, Ja, Brauchtum hatten wir im Crashkurs so gut wie nie. Das muss uns nun die Schule des Jungjägerlebens lehren.

Vielleicht war „DAS" auch bereits der Grund, warum man uns vier Jäger (Christina meine Frau, zwei weitere Jäger und mich), die am weitesten entfernt von den Autos und somit vom Schüsseltreiben, im tiefen Wald standen, schlichtweg vergessen hat. Irgendwann bekam dann eine der Jägerinnen einen Anruf, mit der Frage, wo wir denn seien.

--- Ha Ha Ha ---

So am Rande, die Jagd ist immer noch Männerdominiert, was sich bei der Hubertusfeier ganz klar zeigte. Drei Frauen und ich erhielten den Jägerschlag in dieser harten, rauen Männerwelt…

Was passierte so in der Zwischenzeit bis zur zweiten Jagdeinladung?

Erinnerung an die Drachenfahrt 2019

Vorgeschichte

Alles begann mit einer einfachen Frage von mir am Tag der Abfahrt: Du Schatz, soll ich ein Starthilfekabel mitnehmen? Meine liebe Frau Christina meinte: Nein, das wird nicht nötig sein. Ich antwortete: Ich muss aber nur unter die Plane des Jeeps greifen. Ein Blick sagt mehr als tausend Worte und so sind wir halt ohne Starthilfekabel zu ihrem Toyota Celica T16 gegangen.

Die Drachenfahrt

Ein Liter Öl musste nachgefüllt werden und aus diesem Grund hatte mir Christina eine Wasserpumpenzange (die wirklich älteste und ausgelutschteste, die wir haben) aus der Wohnung mitgebracht, da der Deckel des Öleinfüllstutzens immer so fest sitzt. Gesagt getan, Öl aufgefüllt und wir konnten unsere Reise in Richtung Königsbrunn, bei Augsburg starten. Königsbrunn war der Sammelplatz, bzw. die Übernachtungsstätte, für die ambitionierten Toyota-Nissan-Mazda-Fahrer (auch Drachenfahrer genannt), die sich einmal im Jahr, unter dem Zeichen des Drachen, zur sogenannten Drachenfahrt treffen.

Vier Tage intensive Gespräche bzw. Erfahrungstausch, wo man z.B. Ersatzteile für die Oldtimer herbekommt, oder was man so im letzten Jahr alles erlebt hat.

Ein gemeinsames Programm in dem wir zusammen Museen oder Ausstellungen besuchen, ist für jeden Tag vorhanden, so auch am Samstag, den letzten Tag der Drachenfahrt, bevor man dann am Sonntag, unter vielen lieben Grüßen und Aufforderungen eine sichere und gute

Heimfahrt zu haben, sich wieder trennt und das Zuhause mit den lieb-gewonnenen Vierbeiner ansteuert.

Jedenfalls ist für Samstag immer eine Ausfahrt geplant, bei der man mit Richtungs- und Ortsangaben, eine sehenswerte Strecke abfährt. Unser Start war gut vorbereitet, der Beifahrer übermüdet und bereit unter allem möglichen Einsatz, die Richtung zu ermitteln und den rich-tigen Weg dem Fahrer anzusagen. Dieses ist wirklich schwierig, wenn man als Beifahrer meiner Frau gewohnt ist, den Anfang der Fahrt und das Ende mitzuerleben und den Rest einfach zusammengerollt im Bei-fahrersitz zu verschlafen. Also wir müssen nach rechts am Ende der Ortschaft, was wir leider schon an der ersten Richtungsänderung nicht geschafft haben und erst mal zu weit gefahren sind. Kein Problem, die nächste rechts und wir sollten den nächsten Ort schon erreichen.

Irgendwie war die Strecke verhext, mehrmals mussten wir umdrehen oder mittels Karte und Navigationssystem den nächsten sehenswerten Ort ansteuern.

Es wurde 13:00h und der Beifahrer meldete ein Hungergefühl würde sich breit machen. Das traf sich gut, da mein Schatz sowieso in Herr-sching am Ammersee halten wollte.

Es folgte die übliche Diskussion, willst Du nicht bis heute Abend war-ten, da gibt es Essen im Hotel. Etwas den Schatz beschwichtigen und erstmal in das Restaurant am See einkehren. So was, die haben Tor-tellini alla Panna. Es war meine Rettung…

Nach dem ich gestärkt war und wir eine kleine Strecke am See spaziert sind, kehrten wir zum Auto zurück. Wir starteten den Wagen und fuh-ren los.

An der Bahnlinie im Ort schloss sich die Schranke und als (-1) x Naturschützer (wer braucht schon einen Kat) hat meine Frau auch brav den Motor ausgemacht.

Der Zug fährt vorbei und …. und der Wagen springt nicht mehr an. Ein kläglicher Klack vom Anlasser sagt mir sofort, die Batterie ist zu schwach. Erste böse Blicke der hinter uns stehenden Fahrer treffen uns vernichtend. Nochmal starten, nichts.

Also was tut Mann, raus aus dem Wagen, zwei Frauen am Straßenrand um Hilfe beim schieben bitten. Entsetzte Blicke, ein

abwinken und dann war unsere potenzielle Hilfe weg. Also allein, Frau saß ja am Steuer, den Wagen eine leichte Steigung herauf auf den Fußgängerweg schieben.

Das standen wir nun, zu allem Überfluss fing es auch noch an zu regnen. Schnell die Fenster zu und mit dem letzten, aber auch wirklich letzten Strom der dahinsiechenden Autobatterie, fuhren die Fenster nach oben, in die Endposition.

Schwein gehabt, sonst wären wir etwas abgesoffen, wenn man mal so sagen darf. Es folgt die übliche Krisensitzung und ausloten der Möglichkeiten, die sich in zwei Schritte aufteilt. Schritt eins: Einen der beiden bekannten Verkehrsclubs informieren und Schritt zwei: Die Kollegen der Drachenfahrt informieren, dass wir eine Panne haben und sie uns ggf. abholen müssen.

In chronologischer Reihenfolge

13:45h Der erste Anruf beim Verkehrsclub, das übliche abarbeiten der Standardcheckliste:

- Mitgliedsnummer?
- Fahrzeugtype?
- Fahrzeugkennzeichen?
- wie viele Personen sind im Auto? (Als wenn das wichtig wäre)
- Schaltgetriebe Ja/Nein → mit der Frage, ob wir den Wagen nicht selbst anschieben können?
- Wo steht das Auto?

13:55h Anruf des Vermittlers von dem Verkehrsclub für den Großraum Augsburg mit den Fragen:

- Schaltgetriebe Ja/Nein → mit der Frage, ob wir den Wagen nicht selbst anschieben können?
- Wo steht das Auto?
- Außerdem, er schickt keinen Abschleppwagen, wenn wir nicht versprechen vor Ort zubleiben, oder wegzufahren.

Guter Witz: Wo sollen wir denn hin und wie ohne Batterie wegfahren? Langsam wurde es warm im Auto, da der Wagen sich ja in der Sonne bereits aufgeheizt hatte. Also Türen auf, obwohl es regnet. Nun wollten wir noch die Kollegen der Drachenfahrt anrufen und um Hilfe, bzw. später um Abholung, bitten.

15

Her mit dem Roadbook und die Telefonnummer für den Notfall gewählt. Tja, keine Nummer vorhanden, nicht im Roadbook, noch auf den Webseiten des Organisators Peter. Gut, dass es Klug-Phones gibt und in einer der eMails von Bernd R. stand eine Mobilnummer. Bernd angerufen, die Lage und die Örtlichkeit erklärt und dann übten „wir" uns wieder in der Kunst des Wartens.

Was meine Frau und ich nicht wussten, Bernd hatte den Organisator Peter erreicht und eine Rettungsaktion mit mehreren Fahrzeugen startete im Hintergrund...

Zwischenzeitlich **14:15h** hat uns der zuständige Abschleppdienst angerufen, mit den mittlerweile „klassischen" Fragen:

- Schaltgetriebe Ja/Nein? mit der Frage, ob wir den Wagen nicht selbst anschieben können?
- Wo steht das Auto?
- Außerdem, er schickt keinen Abschleppwagen, wenn wir nicht versprechen vor Ort zubleiben, oder wegzufahren. (Kein Kommentar bitte...)

Es wurde **14:55h** und ein Hoffnungsschimmer erschien am verregneten Horizont. Einer der Drachenfahrer hält bei uns an. Unsere Rettung hat eine Quickstarterbatterie dabei und mit ihrer Hilfe konnten wir den Motor starten.

In diesem Augenblick, die Schranke war wie so oft in der letzten Stunde geschlossen, sahen wir auf der anderen Seite ein Pulk von Drachenfahren, gewillt das unmöglich zu versuchen uns wieder flott zu bekommen.

Die Starterbatterie wurde abgezogen und der Motor lief weiter. Die Lichtmaschine und der Spannungsregler waren also in Ordnung.

Mittlerweile war es bereits nach **15:00h** und wir hatten, in unserer Wartezeit, bereits geschaut, dass der nächstgelegene Autoteileladen 25min weg ist und zu der bayerischen / christlichen Zeit 16:00h, das Wochenende einleiten würde.

Also, die Drachenfahrer verabschiedet mit allem möglichen Dank, den wir sagen konnten, in unserer prekären Situation. Jetzt noch während der Fahrt den Verkehrsclub informieren, dass wir gerettet wurden und der Abschleppdienst, nach eigenen Aussagen noch 10min zu uns braucht.

Übersetzt, er setzt sich jetzt in den Abschleppwagen und fährt los. Da wir bereits über eine Stunde gewartet hatten und jetzt doch den Ort mit eigener Kraft den Ort des Geschehens verlassen würden, teilten wir dem Herrn vom Verkehrsclub, ohne ein schlechtes Gewissen zu haben mit.

Der Anruf beim Autoteileladen von mir ist auch noch zu erwähnen, da sich die gewohnte Szene für den Oldtimerbesitzer, abgespielt hat.

Hallo, ja ich brauche eine Autobatterie 12V, 55AH. Nein, ich habe keine VIN und auch keine Seriennummer, wir brauchen nur eine Autobatterie von 12V…So könnte sie, die etwas genervte Dame von dem Autoteileladen, mir nicht helfen, war die unmissverständliche Aussage. Da brach auch schon die, in unserem hochindustrialisierten und mit einer hervorragenden Infrastruktur ausgestatteten Republik, der Funkverkehr ab, auf Grund eines, politisch gesehen, nicht vorhandenen Funkloches. Ein Blick meiner Frau und die Entscheidung stand fest, ein weiterer Anruf wäre nur Zeitverschwendung.

Um 15:44h fuhren wir bei dem Autoteileladen vor, wir stellten den Wagen so ab, dass wir ihn ggf. anschieben konnten und stürmten in die sich bereits in der Schließung befindliche Filiale des Teilelieferanten. Christina blockierte den Verkaufstresen und ich stürzte zu den Autobatterien. 12V 54AH, da war sie und strahlte mich an. Ich schleppte die die Batterie zum Verkaufstresen mit den Worten, ohne die Batterie verlasse ich die Filiale nicht!

Da brauchen wir aber Ihre alte Batterie, sonst können Sie „die" nicht mitnehmen. Kein Problem, ich fahre den Wagen in Ihre Werkstatt und sie bauen die neue Batterie ein, antwortete ich keck.

Nee, das geht nicht, in der Werkstatt ist keiner mehr…Die müssen Sie selbst ausbauen, wir schließen auch nicht die Filiale, schlug mir vom Verkaufstresen entgegen.

Nun ja, wäre ja auch doof gewesen, die wollten ja die alte Batterie und die neue Autobatterie hatte ich fest in der Hand und würde ggf. darum verzweifelt kämpfen.

Also zum Auto, sag mal wo ist denn Dein Bordwerkzeug, fragte ich meine Frau, die mir etwas schüchtern antwortete, in der anderen Celica …

--- P A N I K ---

Hier konnte nur noch Peter MacGyver helfen. Also, mit dem einzig vorhandenen Werkzeug, die besagte Wasserpumpenzange die Kontakte der Batterie lösen, inkl. des Batteriedrehschalters für Oldtimer, die Kriechströme haben. Als dann, die verrostete Batteriehalterung vorsichtig lösen und schnell zurück an den Verkaufstresen.

Da ist ja noch der Drehschalter dran, warf mir die Verkäuferin erstaunt entgegen. Ja, den bekomme ich nicht los. Okay, dann gehen Sie mal in die Werkstatt, da hilft Ihnen einer weiter.

„ICH WOLLTE SCHON", nein, doch besser nicht diskutieren, warum denn nun die Werkstatt doch noch besetzt ist…

Zurück zum Auto, zwischenzeitlich hatten wir noch eine neue Starthilfebatterie ausgesucht, für den Notfall und so fummelte ich mit der Wasserpumpenzange die neue Batterie inkl. Drehschalter in den Wagen.

Verdam… die passt ja gar nicht in die Halterung, fluchte ich. Also, die verrostete Halterung weiter aufschrauben und vorsichtig wieder festziehen, allerdings ohne die zuvor eingebauten Stopper und Halter. Das muss einfach halten, war die fachmännische Aussage von Peter MacGyver.

Nun den Wagen starten und siehe da, unter Ausstoß entsprechender, bzw. angemessenen Mengen von Kohlenwasserstoffen und Feinstaub, lief der Motor an.

Ich ließ sich auf den Beifahrersitz gleiten mit zwei wichtigen Gedanken:

- Einem Inginöööör ist nix zu schwöööör
- Was für ein Glück, dass ich die Tortellini gegessen habe.

Merke:

Wer eine Reise tut, hat etwas zu erzählen und gut ist, wenn man seinen MacGyver zur Hand hat.

Dritte Jagdeinladung

(Bei unseren späteren Jagdpächtern, aber das sollte erst noch alles kommen)

Erst mal war das Aufstehen um 03:00h nachts für uns Büromenschen echt hart und um 04:15h sollten die Hochsitze bereits besetzt werden. Wo doch einer von uns beiden doch eigentlich eher Langschläfer ist.

Es war gut, dass Jürgen, einer der beiden Jagdpächter, uns die Hochsitze am Vorabend gezeigt hat und einen Bruch an dem Pirschweg hinterlassen hat. Sonst hätte ich meinen Stand nie gefunden, denn es war stockdunkel. Ab 04:30h setzte erst Dämmerung ein, aber da saß ich schon auf dem Hochsitz.

Hat das direkt geklappt, natürlich nicht. Ich bin, trotzdem ich eine „mini" LED-Taschenlampe benutzt habe, an dem Bruchzeichen vorbeigelaufen.

An der nächsten Kreuzung erkennst Du, dass Du zu weitgelaufen bist, sagte Jürgen noch am Abend vorher. Wo stand ich nun? Jepp, an der der besagten Kreuzung. Guter Tipp von Jürgen.

Also zurück und diesmal mit richtiger Taschenlampe den Wegrand ausleuchten. Gefunden, also rein in den Wald. Gut 20m und dann bist Du auf der Schonung... Klar, nur der Hochsitz war „wech".

Am Abend war der doch zu sehen gewesen. Also, mutig rein in die Schonung, die ersten nicht identifizierbaren „Krabbeltiere", äääh Niederwild meine ich, flüchtet vor mir...

Auf der anderen Seite der Schonung angekommen und mit der Lampe mal umher geleuchtet, sah ich endlich den ersehnten Hochsitz. Gut getarnt dachte ich, was ja eigentlich auch der Sinn sein sollte. Trotzdem, so als Ingenieur: Eine Fernbedienung und auf dem Hochsitz leuchte eine kleine rote LED, natürlich Solar / Akku betrieben...

21

Die Jagdeinrichtung, sprich der Hochsitz ist auf Sicherheit zu prüfen, hatten wir in der Jagdschule gelernt. Also mal kurz dran rütteln „Hält", war mein weidmännisches Urteil.

Oben angekommen, man ist das eng und die Kurzwaffe, die ich doch endlich mal führen wollte, verschwand als erstes in meinem Rucksack. Sitzkissen, ahhhh, schon besser. Okay, Tarnnetz vorziehen und warten.

Das Gewehr laden im Dunkeln (echt spannend bei null Sicht), Fernglas auspacken, Gehörschutz. Ja, so ein Jäger braucht doch viel Equipment. Dabei hatte ich noch einen Entfernungsmesser und eine IR-Kamera im Rucksack. Nichts davon war nötig gewesen! Das mit dem vollen Rucksack hatten wir ja bereits angesprochen…

Ich hole tief Luft und jetzt heißt es warten… Na Ja, nicht so lange, denn da kommt auch schon das Wild an, mit Taschenlampe? Das kam mir doch etwas verdächtig vor. Hatte das Rehwild aufgerüstet?

Klar, ich saß richtig, das konnte ich auch mit der entsprechenden Autorität dem mir noch unbekannten Jägerkollegen erklären, der nun an „MEINEM" Hochsitz auftauchte. „Jürgen hat mich hier hingesetzt" triumphierte ich.

Der Kollege zog ab und wollte den Jagdpächter „Jürgen" anrufen. Er hat dann auf dem für mich, in der ersten Planung, vorgesehenen Stand gesessen. Ja, Ja, die Abstimmung wer geht auf welchen Hochsitz…

Warten Teil II war nun angesagt. Nach der aufregenden Hochsitzsuche war es mir ja richtig warm geworden, ein Zustand der zwischen 06:00h und 07:00h in das absolute Gegenteil wechselte.

Die Kälte kroch so langsam die Beine hoch. Brrrrr… ist das kalt und dabei wollte ich schon den Pullover im Auto lassen. Mir ist doch immer schnell viel zu warm, war mein Gedanke gewesen.

Zwei Eichhörnchen, die richtig einheimischen roten Kerle meine ich, spielten hintereinander her jagen auf dem nächsten Baum, das half als

Ablenkung gegen die Kälte. Sonst gab es nur eine Vielzahl von Geräuschen, rascheln und den nie aufhörenden Lärm der nahen Autobahn. Alles extra verstärkt durch den Gehörschutz. Technik muss sein.

Ansonsten muss ich sagen, dass es das erste Mal war, dass ich im Wald den Sonnenaufgang erleben durfte. Ja, Ja, der Stadt- bzw. Büromensch lässt grüßen.

Es war wirklich beindruckend mit zu erleben, wenn die Nacht weicht und das Tag-Leben im Wald erwacht, mit den vielen Geräuschen und Gerüchen.

Kurz nach 08:00h habe ich zusammengepackt. Nächstes Missverständnis, Jürgen wollte nur bei uns vorbeifahren und uns nicht einsammeln... Christina sendet eine SMS, ihr ist auch zu kalt und wir beschließen zum Auto zurückzukehren.

Ehrlich, noch nie war die Sitzheizung im Auto so ein wunderbares Erlebnis.

Noch einmal im Wald verfahren und wir waren am Jagdbetriebhof angekommen. Lagerfeuer, warmer Kaffee, spannende Gespräche und so kehrte nach einer Weile auch das Leben (ganz langsam…) in Christina zurück. Der Bourbon hat es dann final geschafft. Es kommt halt immer auf den richtigen Brennstoff an!

Wir haben zwar alle nichts geschossen, aber Jagderlebnis und Schüsseltreiben war klasse. Über nichts kann man übrigens besser diskutieren, als über die Wahl der Waffen und ganz speziell, die zu verwendenden Kaliber. Wenn Christina und ich soweit sind, dann wäre es großartig gewesen die Jagdhörner zu nutzen und ein Halali zu spielen. Kommt noch, da bin ich ganz sicher.

Hat es Spaß gemacht, na klar und jederzeit wieder, allerdings besteht Christina auf die Anschaffung eines Ansitzsackes.

Kommentar Christina: Mindestens eine zweite Decke wäre schon sehr hilfreich gewesen. Ein Fernglas bei dem die Gläser nicht beschlagen wäre auch noch was Nettes. Sonst war aber alles passend bei mir. Nicht zu viel Equipment, obwohl ich auch noch Platz gehabt hätte mal mit dem Entfernungsmesser oder Nachtsichtgerät zu schauen…

Ach ja, ein Sandsäckchen zum Waffe auflegen, das Provisorium (ein Feuchtigkeitsentziehungsbeutel) war es dann doch nicht. Zu laut und sobald man die Waffe heruntergenommen hat ist der Sack mit einem dicken Platsch in den Hochsitz gefallen.

Beim Schüsseltreiben gab es für mich ein paar befremdliche Augenblicke, die stark mit absingen von seltsamen, uns unbekannten Liedern, einhergingen.

Und das Jägerlatein ist, wenn man denn selbst die Erfahrungen nicht gemacht hat, ebenfalls nicht nachvollziehbar. Aber Keiler mit Cola-Dosen großen Klickern werde ich ja vielleicht auch irgendwann mal kennenlernen ☺☺☺

Einschub: „Der kleine Herrscher und der Maulwurf"

Als ich meine zweite Frau Christina kennen lernte, habe ich ihr zwei
Geschichten geschrieben, die ich Ihnen nicht vorenthalten möchte.
Hier nun die erste Geschichte vom kleinen Herrscher. Ähnlichkeiten zu
lebenden Personen sind gewollt.
Auf Drängen Dritter wurde gestern Abend, unter dem Einsatz von Ta-
schenlampen eine Besichtigung der Ländereien, Parzelle 182/200 in
Höhrfelden, vorgenommen. Mit Entsetzen musste der kleine Herrscher
der Ländereien feststellen, dass es zu ungeahnten Zerstörungen

gekommen ist, welche einem kriegerischen Akt gleichkamen.
Diese terroristische Tat trug ganz klar die Handschrift von Maul-Laden,
dem von Kleingärtnern und Hausbesitzern gefürchteten Topterroris-
ten.

Für die Zerstörungen in "Haufenform" wurde schnell ein Name gefunden "Ground siehso".

Auf diesen terroristischen Akt wurde sofort der Notstand ausgerufen, die den kleinen Herrscher zum Einsatz von Waffen legitimierte. Es wurde kurz über den Einsatz eine Akustischen-Waffe nachgedacht, doch ein Maulwurf in der eigenen Regierung hatte die dazu benötigte Energieversorgung von $4 * 1.5$ Megavolt $* 10^{(-6)}$ sabotiert.

Das Verschwinden der Energieversorgung zwang den Herrscher dazu, über den ultimativen Einsatz von thermonuklearen oder biologischen Waffen nachzudenken.

Aus Problemen in den Beschaffungskanälen im eigenen Land wurde dieses jedoch verworfen. Aus diesem Grund blieb nur noch der Einsatz von chemischen Waffen übrig, auch wenn diese durch die Genfer Konventionen geächtet sind, blieb dem Herrscher keine andere Wahl. Auch der Einspruch der weiblichen Opposition wurde abgelehnt, da gerade diese unter dem Verdacht der gezielten Vernichtung der Energiezellen stand. Ob der Einsatz gerechtfertigt war oder nicht, wird die Geschichte zeigen.

Weiterhin ist zu hoffen, dass der Terrorist final vertrieben wird, da dem kleinen Herrscher auffiel, dass die chemischen Waffen bei der vorherigen Landesverteidigung nicht aufgefüllt wurden und nun aufgebraucht waren.

Bis zum Besuch des lokalen Waffenhändlers (oftmals als Baumarkt bezeichnet, wobei meines Erachtens der Name nur Tarnung ist) am nächsten Samstag, ist nur zu hoffen, dass keine weiteren terroristischen Überfälle stattfinden, da die Grenzen des Staates offen sind bzw. im wahrsten Sinne des Wortes unterwandert werden.

Im Schießkino

An die Jungjäger gerichtet, die gerade ihren ersten Begehungsschein erhalten haben. In diesem Zusammenhang erleben Sie als Jungjäger sicher eine großartige Zeit und können von dem Erfahrungsschatz der erfahrenen Jagdkollegen und des Jagdpächters profitieren. Dabei stellt man als Jungjäger schnell fest, der Pächter hat immer recht!!! Desweiteren möchte Ihnen jeder erfahrene Jäger die alten, abgelegten, aber noch vollfunktionsfähigen Waffen verkaufen, die die Jagdkollegen wahrscheinlich auf demselben Weg erhalten haben.

Eben, über den „erfahrenen" Jäger. Da werden Waffen mit Kaliebern von 9,3 x 64 angepriesen, die man unbedingt als Jungjäger benötigt. Anmerkung: Falls Sie im heimischen Revier Großwild wie Büffel oder Elefanten jagen wollen, genau das richtige Kaliber...

Hier übrigens der ultimative Test für den Jagdpächter:
Nur mal so, die allzeit beliebte und bei fast jedem Treffen von Jägern gepflegte Kaliberdiskussion anfangen und auf das Führen und Lagern von Jagdwaffen abschweifen.

Vielleicht noch den Punkt Zielwasser, also Alkohol, bei der Jagd aufführen und dabei den Jungjäger, der ja gerade aus der Jagdschule kommt, intensiv beobachten, wie sich die Farbe im Gesicht mehrfach verändert.

An dem Punkt sollten Sie als Pächter überlegen, ob vielleicht ein wenig Aus- und Fortbildung in die Revierarbeit aufgenommen werden sollte.

Hier ein Beispiel für eine mögliche Weiterbildung:

Ein regelmäßiges Schießtraining im Schießkino sollte unbedingt in die Planung der Aus- und Fortbildung aufgenommen werden ...und bitte, bitte, beim ersten Mal im Schießkino nicht gleich verzweifeln. Es ist halt ganz, ganz großes Kino und wir kennen ja alle die Sprüche der erfahrenen Jäger:

- Ich habe da mal vor Jahren 200 Schuss auf einmal gekauft, das reicht bis zum Lebensende und die letzte ist für mich...makaber, aber genauso gehört.
- Ich putze mein Gewehr nie, mehr als 10 Schuss gebe ich doch im Jahr nicht ab...

Wo wir bei dem Thema waidgerechte Jagd wären, mögliche Schmerzen z.B. durch Waidwundschüsse beim Tier sollen vermieden werden! Auch, wenn sich der Jäger mit geladener Waffe im Schießkino zu

Ihnen umdreht und erklärt, so schnell laufen die Sauen in Wirklichkeit doch gar nicht.

--- Nur keine PANIK aufkommen lassen ---

...und bei der Ansage, die Sau würde liegen, bitte nicht verräterisch die Augen verdrehen.

Aus meinem Jagdtagebuch „Mein erster Jagderfolg"

An der Stelle muss ich erst mal erklären, dass meine Frau Christina und ich seit November 2019 einen Begehungsschein haben. Na klar, mit den üblichen jagdlichen Verpflichtungen:

- Jeden zweiten Samstag im Monat Arbeitseinsatz im Revier
- Jeden Montag Kirren

Zustande gekommen ist das, weil Michael, unser unerschütterlicher Lehrer für die Jagdhörner, auch Jagdpächter eines Jagdrevieres ist.

Eines Tages fragte er uns, ob wir mal bei einem Arbeitseinsatz dabei sein wollten. Aus einem wurden mehrere und so war es nur eine Frage der Zeit, dass wir zu seinem bzw. Jürgens Team stoßen würden.

Was für ein Hallo, beim ersten Arbeitseinsatz im Revier, Siegfried, Jahre nicht gesehen, seit er aus der der Bank ausgeschieden ist, trifft man als erfahrenen Jäger wieder.

Es war ein toller Tag. Meine Frau Christina hat eine Steinplatte getragen. Nein, keine Anspielung auf die bekannte Tanzfilmszene, ganz ganz sicher nicht ...

Wir anderen, männlichen Jäger, haben an diesem Tag einen Hochsitz aufgestellt, allerdings haben meine Frau und ich die meiste Zeit nur zugesehen und zugehört. Anscheinend hat man uns Städtern, zu diesem Zeitpunkt, noch nichts zugetraut. Im Anschluss wurde im Jagdbetriebshof ausgiebig und wesentlich länger gegessen und getrunken, als vorher gearbeitet.

Zurück zur Jagd:

Wenn ich mich richtig erinnere, dürfte das mein neunter Ansitz, seit November 2019, gewesen sein. Ich bin zurzeit noch dabei die verschieden Hochsitze auszuprobieren und vor allem zu suchen! Letzteres ist für mich als Städter so eine Sache. Zum einen ist mein Orientierungssinn nicht der beste,(ein Standardsatz meiner Frau bei der Autofahrt, das „andere Links"), zum anderen ist unser Auto nicht so recht für den Wald geeignet.

Zum Glück waren Michael und Jürgen so nett mir die Hochsitze zu zeigen und ich konnte sie im Klug-Phone (Smartphone) abspeichern. Leider sind da nicht alle Waldwege verzeichnet. Nun ja, was soll ich sagen, nach nur einmal verfahren war ich laut der Navigations-App in der Nähe des von mir gesuchten Hochsitzes. Gut das Winter ist und man durch die Bäume schauen kann.

Also quer durch den Wald zur „Fahrbaren", den Pirschpfad hatte ich ja nicht gefunden… Die Fahrbare ist ein Anhänger mit einer Kanzel. Leider nicht sehr hoch, was mich bzgl. natürlichem Kugelfang etwas bedenklich stimmte. Vor allem, wenn man in WhatsApp liest, dass mein Pächter Michael, in der ungefähren Schusslinie ca. 500m entfernt, sich auf dem Hochsitz mit dem Namen „Vergessener" niedergelassen hat. Okay, hier ein paar Eindrücke. Als erstes muss ich sagen, dass meine Ausrüstung sich bereits reduziert hat, sprich ich schleppe immer weniger mit mir umher. Immer noch zu viel, aber es wird weniger, ehrlich… Im Vergleich zur ersten Jagd ist mein Rucksackvolumen um die Hälfte geschrumpft. Auch einen Gehörschutz gibt es nicht mehr. Nein, nicht verrückt. Ich habe mein Gewehr mit einem Schalldämpfer ausgerüstet. Trotzdem war das eigentlich nicht so mein Tag. Die Kanzel ist voll mit Kissen einer Decke, Buch und viel Schmutz. Da das Dach undicht war roch es unangenehm muffig in der Kanzel. Das wurde aber schnell besser nach dem Öffnen der Fenster. Meine neue Lodendecke und die dicke Ansitzjacke, mit speziellem Innenfutter, brachten mich richtig zum Schwitzen, allerdings noch kein Vergleich mit dem was mich noch erwartete.

Als nächstes Sitzkissen raus, setzen, runterkommen und Gewehr laden und sichern. Entfernungsmesser, Lockpfeifen und Fernglas raus kramen, Lodendecke zurück in den Rucksack stecken. Ich sagte ja bereits, ich schleppe weniger mit mir herum…

Nun mussten noch die Kollegen via WhatsApp informiert werden, wann man wo sitzt, damit alle wissen, welcher Stand besetzt bzw. frei ist. An der Stelle sollte man das Handy auf lautlos stellen!!!

Langsam wurde es warm in der Kanzel, trotz letztem Tag im Januar hatten wir laut Thermometer 15 Grad Außentemperatur. Jacke auf und ruhiger werden (muss doch irgendwie gehen). Das fällt mir immer besonders schwer, so als geduldigster Mensch der Welt. Noch schnell die Entfernungen gemessen zu den Bäumen vor der Salzlecke, 34m und die Bäume etwas weiter zurück 39m.

Technik muss einfach sein. Also kein Problem, das Gewehr ist auf 100m eingeschossen, bei 50m liegt die Trefferlage einen Zentimeter unter dem Haltepunkt. Noch schnell drei Klicks höherstellen als Ausgleich für den montierten Schalldämpfer. Alles penibel auf dem Schießstand des Schützenvereins ausprobiert.

So gegen 16:50h klingelt mein Handy in voller Lautstärke, die Computerfirma meldet sich, mit der Nachricht, dass mein Notebook endlich ausgetauscht wird. Toll dachte ich, das war es dann mit der Jagd für heute, bei dem Krach. Es kam mir allerdings ein Gedanke hoch, von der Einladung zur Hasenjagd 2018. Damals wollte ich gerade lautstark einpacken und Flinte entladen, als der besagte Hase auftauchte. Also dachte ich, der Whisky mit Frau muss warten.

Wenn man bedenkt, dass ca. 20min später mein erster Abschuss erfolgte, die richtige Entscheidung.

Also warten, erste Anzeichen, dass es bald dunkel wird werden sichtbar.

Ich könnte ja mal die Lockpfeife ausprobieren, so wie uns das gezeigt wurde. Eigentlich funktioniert das nur in der Blattzeit heißt es.

Dann wieder warten. Plötzlich eine Bewegung rechts im Augenwinkel. Zwei Rehe tauchten auf und gehen gemächlich aus der Dickung in Richtung Salzlecke. Das Zweite muss meins sein, war mein Gedanke und dann ging alles ganz, ganz schnell.

Das erste Rehwild taucht auf dem Wechsel auf, wenn das zweite hinter kommt kann ich es erlegen überlegte ich. Das Haupt des zweiten Rehs taucht hinter dem Baum auf, das laute Klick der Sicherung (ja ja haben wir anders gelernt in der Jagdschule) bringt das Reh zum verhoffen. Glück braucht man halt auch.

Mist kein Leuchtpunkt an, aber das Fadenkreuz ist sehr gut sichtbar vor dem hellen Hintergrund des Rehwilds. Der Schuss bricht und das Rehwild zeichnet im Feuer. Ich sehe noch wie es über die Vorderläufe nach vorne fällt und auf dem Rücken, Richtung von mir weg niederkommt.

Schnell repetieren, Mist den Blick verloren und das Reh, es ist nicht mehr zusehen

--- P A N I K ---

Doch, da bewegt sich doch ein Haupt nach links... Ich bleibe noch etwas auf dem Punkt, aber es ist nichts mehr zu sehen. Was tun...meine Reh scheint weg zu sein.

Das Handy brummt, wer hat da geschossen fragt Michael über WhatsApp. „Peter auf Reh getroffen lag kurz, dann flüchtig warte fünf Minuten und gehe dann zum Anschuss" war meine Nachricht.

Hier nun alle Fehler mal aufgelistet, die ich gemacht habe:

- Beim Repetieren bleibt das Auge auf dem Ziel, wer das denn auch wirklich schafft
- Direkt die Entfernung messen, später weiß man den Punkt nicht mehr so genau
- Wenn man zum Anschuss geht sollte man seine Brille aufsetzen sonst sieht man nichts, wenn man kurzsichtig ist wie ich
- Taschenlampe mit nehmen wäre gut gewesen, ganz „plötzlich" war es dunkel
- Den Entfernungsmesser dabeihaben und umgekehrt die Entfernung zur Kanzel messen. Um zu sehen ob man an der richtigen Stelle ist
- Den Rucksack und das Gewehr nicht im Auto verstauen, weil man nichts mitschleppen möchte. Latexhandschuhe, großes Messer, ggf. Seil zum Bergen, etc... war alles im Rucksack.

35

Wäre das eine Sau gewesen, die mich angegriffen hätte, dann hätte ich mich noch nicht mal verteidigen können.

Was habe ich richtig gemacht:

- Eigentlich nur, dass ich nicht hin und her gelaufen bin am Anschuss und die Pirschzeichen so erhalten geblieben sind.
- Direkt um Hilfe für die Nachsuche zu bitten

Nachsuche:

Michael hat sofort seine Hilfe zugesagt. Die Zeit bis er und sein Hund Herrmann erschienen, kam mir unendlich lang vor. Mittlerweile war es bereits dunkel.

Die Kopfleuchte habe ich dann auch schnell ausgezogen. Klasse, wenn man allein ist, schlecht wenn man seinem Gegenüber ständig ins Gesicht leuchtet (...und die ist hell).

Wo ist Dein Gewehr? Im Auto, bei der Nachsuche hat nur der Nachsucheführer eine Waffe, hatten wir in der Jagdschule gelernt. Okay, so die Theorie.

Michael hat recht, er muss den Hund führen, also zurück zum Auto und Munition und Waffe holen, wieder quer durch den Wald, da mein Auto ja nicht am Anfang des Pirschpfades stand und das nun im Dunkeln.

Michael hat mich dann an der Kanzel stehen lassen und ist in Richtung Anschuss verschwunden. So konnte ich Ihm sagen, wo m.E. der Anschuss war.

Dann sollte ich kommen und direkt meine Fehler erkennen. Ich selbst war nicht so weit gegangen und die Schweißspur war eigentlich klar zu sehen (... diesmal mit Brille).

Ein erlösender Satz von Michael: Bei der Menge Schweiß wird das eine kurze Suche. Gott sei Dank war da überall Laub und so war der Stein, der mir vom Herz viel, nicht für meinen Jagdpächter hörbar. Nun musste Hund Herrmann an die Spur herangeführt werden, der schon ganz hektisch war. Es ging los in Richtung Salzlecke, das Wild hatte also einen Bogen geschlagen und dann in die Richtung gelaufen, wo es herkam. In der nächsten Kieferndickung lag es, meine erste Jagdbeute.

Nach dem Herrmann wieder an der Leine war, durfte ich das Wild bergen, ein Jährlingsbock.

Etwas Kiefer für den letzten Bissen sagte Michael. Ich war so aufgeregt, dass ich vor mir eine Kiefer suchte, wo ich doch gerade hinter mir den Rehbock aus der Kieferndickung geborgen hatte.

Echt peinlich, ich möchte nicht wissen, wie oft sich Michael an dem Abend an den Kopf gefasst hat, noch was er gedacht hat... Ein kurzer

37

Dank an das Wild, als ich vor im kniete und den Äser öffnete, um den letzten Bissen zu platzieren.

Toll wäre gewesen, den Bock zu verblasen. Es wäre bestimmt grausam geworden, wo ich doch mit Signal „Reh-tot" auf Kriegsfuß stehe.

Als nächstes folgte die Übergabe des Erlegerbruches an mich und schließlich von mir an Hund Herrmann.

Mein erster Erlegerbruch. Nun ging es an das Bergen des Wildes in Richtung Auto. Man ging mir die Pumpe. Mit ausgestreckten Armen den Bock vor mir her zum Auto tragen.

Hatte ich schon erwähnt, das ich Bergeequipment im Rucksack habe und wo der lag ...

Ausnehmen des Rehbocks:

Auf dem Rand des Waldweges wurde dann das Wild aufgebrochen. Ich der das noch nie gemacht hatte, musste ran. Wenn das Licht noch da gewesen wäre, hätte ich bestimmt die Verzweiflung in Michaels Augen gesehen. Man kann sich dämlich und intelligent anstellen, letzteres habe ich sicherlich nicht gezeigt. Zum Glück hatte Michael die entsprechende Geduld und mit seiner aktiven Hilfe haben wird das Wild ausgenommen und den Aufbruch im Wald verludert. Schnell noch die Plastikfolie im Auto ausgebreitet, die Wildwanne hatte ich ja vor dem Trip ins Revier herausgenommen, da sie immer so viel Platz wegnimmt und Rucksack und Gewehr immer so gedrückt im Kofferraum liegen.

Wie schon erwähnt, der intelligenteste Einsatz war das von mir sicherlich nicht an dem Tag. Ach ja, mein Auto stand übrigens nicht, so wie das von Michael, am Anfang des Pirschpfades und so musste ich den Wagen erst einmal holen. Was bedeutete Rückwärts, mit schlechter Beleuchtung und nasser, regelrecht undurchsichtiger Rückscheibe den Waldweg bis zur nächsten Kreuzung schleichen (Mein Auto hat leider keinen Heckscheibenwischer).

39

Dann ging es, ohne weitere Katastrophen, zur Wildkammer. Die steht

bei Jürgen, dem zweiten Jagdpächter des Reviers. Das säubern und aufhängen des Rehbocks in der Kühlung war auch keine Sternstunde, aber es war geschafft.

--- Ich übrigens auch ---

Tiefsinnige Gespräche am Morgen im Auto:

Meine Frau und ich haben denselben Arbeitgeber. Na klar, wo wir in der Nähe von Frankfurt am Main wohnen, ist das eine Bank.
Manchmal kommt es mir vor als würde die Stadt „Mainhatten" aus zwei Personenkreisen bestehen, Bankmitarbeiter und Dienstleister. Da wir auch noch in selben Gebäude arbeiten, schickt es sich an, dass wir morgens gemeinsam mit dem Auto zur Arbeit fahren.
Meistens ist es sehr still im Auto, da meine liebe Frau früh morgens nicht zu den „umgänglichsten" Menschen gehört, so als Langschläfer.
Somit ist für mich das Autoradio eine willkommene Unterhaltungsquelle. Es ist nicht so, dass Christina schlafen würde im Auto, das ist als Beifahrer mehr mein Part und so lauschen wir beide den Radiomoderatoren und ihren Vorträgen und Sketchen. Ansonsten herrscht stürmisches Schweigen.

Hier ein Beispiel:

Peter:	Klasse der Sketch von der Super Merkel im Radio. Besonders der Teil mit dem Vor- und Zurückrudern der Politiker.
Christina:	Stimmt.
Peter:	In der der Bank haben wir ganze Flotten von Ruderern.
Christina:	... und warum kommen die nie an?
Peter:	Da sind die Controller schuld!
Christina:	Warum?
Peter:	Die spielen Schiffe versenken...mit unseren Projekten.

ODER:

Peter:	Hmmm, Du riechst heute Morgen besonders gut. Sage ich und möchte damit meine Frau etwas aufmuntern, am frühen Montagmorgen.
Christina:	Das ist Annayake (in Lautschrift: „anejackee")
Peter:	An der Jacke?
Christina:	Aaarrrg…

Ein typisch „untypischer" Ansitz

Die bewegende Frage, die man sich selber stellen sollte, „Ist ein Jäger von Natur aus abergläubisch". Die einfache Antwort lautet „Nein".

- Aber, führen Sie eine ungerade Anzahl von Patronen mit sich mit?
- Müssen gewisse Rituale bei Ihnen eingehalten werden?

Mal ehrlich, irgendetwas hat fast jeder und warum? Weil man schon als Kleinkind Rituale gelernt hat, denn so lernen Kinder. Jedenfalls unsere Generation, hat das so erlebt. Heute, bei den Super-Mamas bin ich mir nicht mehr so sicher. Was mich, wie schon mal erwähnt, zu dem Punkt bringt, wie konnten wir überhaupt überleben und erwachsen werden? Sind Rituale auch gleich Aberglaube zu setzen?

Lassen wir das und betrachten mal meinen typischen „untypischen" Ansitz. Die Idee war es, den Sonnenaufgang auf dem Hochsitz zu genießen und dem Wohnungskoller zu entfliehen.

Denn, wir haben gerade Corona-Krise und es haben sich im Home-Office viele viele … Überstunden angesammelt, gepaart mit Langeweile. Also, was macht der Jäger, er nimmt einen Gleittag zum Überstundenabbau. Okay, nicht in jedem Gewerbe bzw. Arbeitgeber ist dies möglich, aber bei dem Arbeitgeber von meiner Frau und mir ist das erlaubt bzw. gewünscht.

Fünf Patronen für das Gewehr, sechs für den Revolver. Alles okay, den Rucksack gepackt mit extra Decke, da die Temperatur um den Gefrierpunkt liegen soll. Schnell noch den Wecker auf drei Uhr gestellt und sich um 22 Uhr von meiner Frau verabschiedet, mit den Worten, ich muss ja früh raus.

Der Wecker klingelt, ein Brummen von der linken Seite meldet sich, auch meine Frau ist wach und wünscht mir verschlafen ein Waidmannsheil. Und schon geht es ab ins Revier. Da ich jetzt schon länger im Revier bin und der von mir gewählte Hochsitz eine Kirrung besitzt, war der Weg im Wald mir gut bekannt. Am Pirschweg angekommen habe ich das Gewehr im Auto, also im Warmen, geladen, allerdings keine Patrone in der Kammer. Vorsicht ist die Mutter der Porzellankiste.

--- Jedenfalls war das meine Annahme ---

So, jetzt auf zum Hochsitz, wo war der doch gleich, Mist... aus Macht der Gewohnheit den Weg zur Kirrung gegangen und nicht nach links abgebogen zum Hochsitz. War das wieder ein Zeichen? Alle Ampeln, mitten in der Nacht, standen auf „rot" jedes Mal anhalten.

Fragen stiegen in mir hoch, soll ich es heute lieber lassen. Das wird sowieso nichts? Damit würde ich aber in die Kategorie „abergläubiger" Jäger fallen und das behagte mir überhaupt nicht. Soweit kommt es noch, dachte ich mir und stiefelte in Richtung Hochsitz, querfeldein, den Weg hatte ich ja verfehlt. Endlich, angekommen, eingerichtet, in die Decke gewickelt. Noch das Fernglas raus, Gewehr durchladen und sichern. SCHEI.... Das Magazin mit den Jagdpatronen ist weg. Jetzt bloß keine Panik aufkommen lassen.

--- P A N I K ---

Verlorene Munition muss gemeldet werden und die Waffenbehörde findet das nicht gerade lustig. Ade Jagdschein waren meine Gedanken. Also, nach kurzer Panikattacke, raus aus der Decke und den Weg absuchen mit der großen Taschenlampe und viel Licht, natürlich beide Wege, der auch zur Kirrung.

Jetzt stand ich vor dem Auto, eine letzte Chance und… da liegt das Magazin im Gewehrfutteral. Anscheinend nicht richtig eingerastet und herausgerutscht.

Anmerkung: Zu Hause habe ich versucht das nachzustellen. Es war mir nicht möglich das Magazin so in die Waffe zuführen, das es wieder heraus rutscht. → Doch auf Zeichen achten?

Erleichtert bin ich den Weg, diesmal den Richtigen, zum Hochsitz gegangen und habe mich erneut der Prozedur des Einrichtens gewidmet. Zirka eine halbe Stunde später, es ist immer noch stockfinster, fällt mir ein, das Handy muss ich noch auf stumm schalten. Echt doof, wenn man mit den Fingern parallel auf den Button für Taschenlampe kommt und der Hochsitz in vollem Licht erstrahlt.

Und wieder kommt es in mir hoch, waren das alles Zufälle, oder hätte ich schon früher abbrechen sollen… Die Sauen müssten blind und taub sein, wenn die wirklich noch auftauchen sollten. Schön eingeigelt, hat mich der fehlende Schlaf angesprungen, wie ein auf Beute fixierter Tiger. Als sich meine Äugelein wieder langsam öffneten war es bereits hell, nein keine Taschenlampe oder ähnlich. Es war bereits heller Tag und den Sonnenaufgang, den ich eigentlich sehen wollte, habe ich einfach verschlafen.

Mein letzter Gedanke vor der Heimfahrt:

„Zeichen / Aberglaube / Jagd", gehört das doch zusammen, so wie man in den alten Jagdbüchern liest?

Intermezzo:

Etwas Prosa aus meiner sehr frühen schriftstellerischen Zeit.

Mein Gegenüber

Ich fahre im Bus, allein.

Eine Fahrt wie jede andere,

allein und einsam unter vielen Menschen.

Stimmen, alle verschieden.

Mein Gegenüber spricht mich an.

Ich höre Ihn nicht, oder will ich Ihn nicht hören?

Ein Mann von schlanker Statur mit schmalem Gesicht.

Unsere Blicke treffen sich, ein weicher Blick

unter vielen anderen.

Zögernd kommen wir ins Gespräch. Erst das Wetter,

dann Sorgen und Klagen.

Verschiedene Menschen und doch Gemeinsamkeit.

Ich sehe wieder sein Gesicht, eines von vielen und

doch anders.

Ein Freund? Vielleicht!

Der Bus hält und reißt uns wieder auseinander.

Eine schlichte Begegnung?

Vielleicht mehr? Wird man sich wiedersehen und

sein Gegenüber erkennen wollen?

Der Bahnhof

Es regnet, ich laufe zum Bahnhofsgebäude.

Ein großes Haus aus grauem Beton mit einer Glaskuppel.

Kalte Augen starren mich an.

Ich, ein Fremder unter vielen Fremden.

Einige Personen hasten vorbei mit toten, kalten Gesichtern.

Ich schaue an einer kahlen, grauen Wand entlang, mein

Blick trifft auf einen kleinen Jungen, der sich an

Die warme starke Hand der Mutter schmiegt.

Sein Gesicht ist voller Angst.

Andere Personen eilen zu ihren Zügen.

Eine bedrückende Unruhe herrscht im Bahnhof.

Menschen aller Farben und Rassen treffen aufeinander.

Alle haben das gleiche Ziel, eine Reise.

Manche reisen beruflich, andere in ihre Freizeit.

Schade, dass sich alle voneinander entfernen und nicht

Zusammen finden.

Der Mensch, das Gruppentier, ist für sich selbst doch

Nur ein Einzelgänger! Wirklich?

Haben wir nur voreinander Angst, oder treiben uns

Stress und Hektik in eine solche gesellschaftliche

Sackgasse ?

Mein Blick folgt einem Bahnarbeiter.

Er geht zu einem kleinen Baum innerhalb des Bahnhofgeländes. Ein kleiner Baum, eine Oase voll Ruhe und Frieden in Grauem, leblosen Beton.

Eine Durchsage! Mein Zug fährt ein.

Ich sehe den Bahnhof vielleicht nie wieder,

doch ein Gedanke an ihn bleibt.

Was für ein Gedanke? Ein guter?

Gibt es noch mehr Prosa? Ja, aber nicht mehr in diesem Buch. Gott sei Dank, wird der Eine oder Andere denken.

Der moderne Jäger und die Technik

Eigentlich ist es schade, dass das Jagdhornblasen nur noch zu Unterhaltungszwecken genutzt wird und nicht mehr, wie in früheren Zeiten, also die Zeiten, wo es noch kein Smartphone gab, der ein oder andere kann sich an diese Zeit bestimmt noch erinnern, zur Kommunikation im Wald.

Als Jungjäger haben mein Frau und ich beschlossen, die alten Traditionen nicht einschlafen zu lassen und, wie bereits schon beschrieben, das Jagdhornblasen zu erlernen. Nichtsdestotrotz, in der heutigen, modernen Welt hat das Smartphone seinen Platz in der Welt der Jäger gefunden.

Hier nun ein Beispiel der vielen durchaus „wichtigen" Mitteilungen, welche man hier und da auf den Chatgruppen finden kann. So ein bedeutender Nachrichtenaustausch wäre mit einem Jagdhorn natürlich nicht möglich gewesen!

Legende: Heiner, BS, MS und B8 sind Kirrungen im Revier

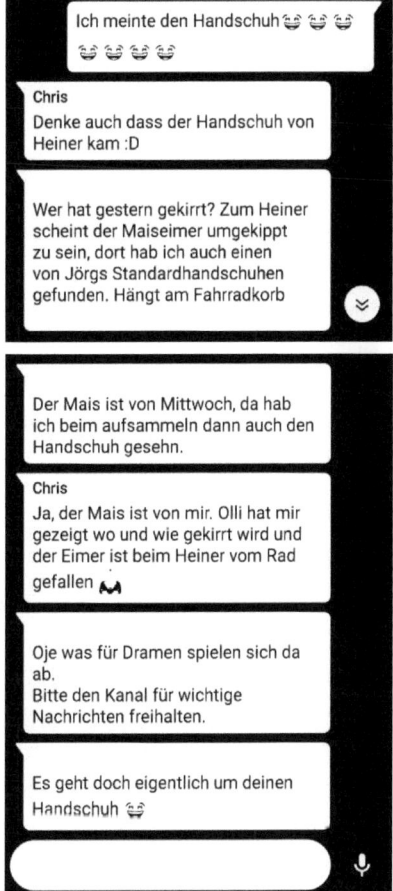

Stellen wir uns ernsthaft die Frage:

Wo wären wir, wenn wir solch wichtige Nachrichten nicht mehr in Bruchteilen von Sekunden über die ganze Welt verteilen könnten?

Saupünktlich oder doch nur Zufall?

Dritter Versuch in Folge an dem Hochsitz mit dem Namen „Brunnensitz". Man kann jetzt lange diskutieren, ob man die Kirrung betritt und entsprechende Witterung hinterlässt, oder sich einfach in der Nacht auf den Hochsitz setzt und auf Wild hofft.

Nachdem ich zweimal in der Nacht auf den Hochsitz geklettert bin und auf die Sauen gewartet habe, um nachher festzustellen, dass die Kirrung schon angenommen war, war ich diesmal fest entschlossen die Kirrung vorher zu prüfen.

Die Kirrung war also noch nicht angenommen und laut den Ergebnissen der Wilduhr, der letzten Wochen, kommen die Sauen, zumindest eine Rotte, gegen 21:00h zur Kirrung.

Um 19:22h habe ich die Nachricht „aufgebaumt" an meine Frau via SMS gesendet. Nun hieß es warten, mit gelegentlichem Wegschlummern nach einem ereignisreichen Tag. Nun, ich hatte da wieder so meine Schwierigkeiten mit dem Sitz. Da ich ja nicht zu den „größten" dieser Welt gehöre, brauche ich eine Art Fußbank, oder hier als Notlösung, einen dicken Ast, damit ich meine Füße ablegen kann und diese nicht die ganze Zeit herum baumeln.

Das ist die ersten 10 Minuten vielleicht lustig, wird aber später eher zur Qual. Das Rundholz hat allerdings den Nachteil, dass es lautstark wegrollt, wenn man nicht aufpasst. Als zweite Verbesserung hatte ich mir eine Isoliermatte im Internet bestellt, die nur ein paar Millimeter dick ist und hervorragend den Rücken isoliert, gegen das kalte Holz des Hochsitzes. Dumm nur, wenn zwischen Sitzbank und Rückenwand ein Schlitz klafft. Zur Lieblingsbeschäftigung wurde während des Ansitzes, die heruntergefallene Isoliermatte wieder zurückzustecken.

Jetzt noch die neue Gewehrauflage auf das Brett vor mir legen, um entnervt festzustellen, dass das Gewehr nun zu hoch aufliegt und der kleine Jäger in die Luft zielt und nicht auf die Kirrung.

Außerdem hatte ich so meine Bedenken, wegen meines abgestellten Autos, direkt vor dem Hochsitz geparkt und somit allen Klitsches der verweichlichten Städter folgend. Hubert, einer der passionierter Jäger in unserem Revier, meinte zu mir, das ist völlig egal wo du parkst. Durch unser Revier führt eine Bundesstraße und am anderen Ende begrenzt eine Autobahn unser Revier.

Die Sauen lassen sich von Autos nicht stören. Außerdem fahren so viele Hundebesitzer ihre Lieblinge bis fast vor den Baum, ähnliches sieht man übrigens jeden Tag an der Schule in unserer Nachbarschaft,

wo die FFF Kids (Fridays for Future) mit entsprechenden, hubraumarmen SUVs vor der Schule klimaneutral abgesetzt werden.

Natürlich jeder Schüler einzeln. Da kommt bei mir immer die Frage hoch, ob die Kids die Schule finden würden, wenn das Auto mal versagt und das Handy ungeladen, den Dienst verweigert...

In der Ferne hörte ich gerade mal wieder einen Güterzug vorbeifahren, als es im Wald vor mir knackte und raschelte. Ein prüfender Blick, 20:50h zeigte die Uhr, auf dem Smartphone.

Echt pünktlich dachte ich mir. Jetzt musst Du ganz still sein, bis zu 30 Minuten, hatte Jürgen mein Jagdpächter gesagt. Die prüfen, ob keine Gefahr von der Kirrung ausgeht und dann, plötzlich und lautlos, sind sie da.

Was soll ich sagen 21:08h, lautlos und für mich völlig unvorbereitet, machen sich fünf Sauen über den Mais der Kirrung her.

Jetzt bloß nicht hektisch werden, schoss es mir durch den Kopf, als beim Vorbeugen die Isomatte herunter donnerte, gefolgt von einem Rumpeln an den Füßen, verursacht von dem runden Ast.

Wer macht hier eigentlich so einen Lärm, ach ich… Jedenfalls scheint der Mais seinen Dienst zu tun und die Sauen abzulenken, oder Wildschweine sind von Natur aus taub, muss ich hier feststellen!

Eigentlich sollte ich das ja vom letzten Mal gelernt haben, aber der laute Klick der Sicherung ließ mich wieder erschauern. Doch taub?

Noch schnell den Leuchtpunkt anstellen, den ich natürlich vergessen hatte und mich wunderte, warum das Absehen so dunkel ist.

Da, eine Sau hat sich aus dem Knäuel der Rotte gelöst, in den ich nicht hätte schießen können. Ja, Ja, so ein Fehler kann einem schon mal das Leben kosten, dachte ich und der Schuss brach.

Du musst im Feuer bleiben und sehen wie das Wild zeichnet, hieß es in der Jagdschule. Also entweder haben die nie bei Nacht gejagt, oder hatten kein Mündungsfeuer und keinen Rückstoß. Jedenfalls, als ich wieder sehen konnte, nach der Blendung und das Gewehr wieder in Richtung Anschuss zeigte, war da keine Sau mehr.

Mist, schon wieder eine Nachsuche nötig. Was mache ich nur falsch? Jetzt ganz ruhig bleiben und warten.

Also bis 21:15h gewartet und dann möglich geräuschlos (so die Theorie) abgebaumt und alles in den Wagen geräumt, außer Taschenlampe, Brille und Gewehr.

Es wird 21:20h und ich stiefele los, in Richtung Anschuss. Ahhh, getroffen hatte ich, das sagt das Prischzeichen, blasiger Schweiß. Da ich mich noch nie zu Helden geboren fühlte, war klar, dass ich Hilfe brauche, für die Nachsuche in der Dunkelheit. Einige WhatsApp's später waren Hund Max und Hundeführer Siegfried auf dem Weg zu mir.

Technik kontra Hund, Gewinner Hund.

Ich zeigte Siegfried den Anschuss und er zückte, „nein" keine Waffe, eine Wärmebildkamera. Das Ingenieurherz hüpfte vor Freude. Technik!

Ein kurzer Rundblick und ich hörte die erlösenden Worte „Da liegt Deine Sau". Trotz der besagten Technik wird Max losgeschickt, als Training und Kundschafter, ob die Sau auch wirklich tot ist. Das kann die Kamera nämlich nicht feststellen und das könnte recht ungemütlich werden, wenn die Sau wieder hochkommt.

Geschafft hat die Sau 21m Flucht, bei einer Schussentfernung von 37m zwischen Kanzel und Anschuss. Penibel mit Laserentfernungsmesser nachgemessen, am Tag danach!

Diesmal nicht so dramatisch, der Abtransport und das Aufbrechen. Der Abtransport war gut vorbereitet, das Auto in Position und eine leere Wildwanne stand bereit. An der Sau angekommen, hatte Siegfried einfach ein Rundholz mit dünnem Seil und Schlinge dabei, um die Sau abzutransportieren. Wie einfach, dachte ich und musste an mein selbst gebautes Bergeequipment im Auto denken, mit Umlenkrollen und extra starkem Tau, mit dem man wahrscheinlich auch noch einen Elch oder Büffel hätte bergen können.

Manchmal, muss es doch nicht die Ingenieurlösung sein, kam mir in den Sinn, als wir beide die Sau hinter uns herzogen...

Diesmal erfolge der Aufbruch in der Wildkammer, allerdings wieder im liegen und nicht hängend. Das, was wir in der Jagdschule lernen, scheint, wie auch das Kaliber .308, welches wir verwenden sollten, eine Modeerscheinung der lehrenden Jagdschulen zu sein !?!

Und wie war es diesmal, fragte meine Frau, als ich mit stolzgeschwellter Brust zu Hause ankam? Klare Antwort, wesentlich ruhiger, weniger Aufregung. Warum, fragen Sie?

Weil da die anderen Jäger sind, die mit ihrer Hilfe und Ruhe, die sie ausstrahlen, einem Sicherheit vermitteln, die da heißt, alles wird gut...

Jedenfalls aus Sicht des Jägers. Die Sau würde dieses sicherlich nicht so bestätigen wollen.

Einschub: Der kleine Herrscher und der Sport

Gesunder Geist steckt in einem gesunden Körper. Ein wichtiger Rat, dem sich der kleine Herrscher auch schon in jungen Jahren nicht verschließen wollte.

Gerne ist er in seiner Schulzeit mit anderen durch den Wald gehetzt, um sich zu ertüchtigen. Ganz zum Leidwesen seiner königlichen Mutter, die sich ständig über dreckige Schuhe und Kleidung beklagte, die sie in der königlichen Wäscherei, welche sie selbst leitete, der Reinigungsprozedur unterziehen musste.

Ganz zum Unverständnis des kleinen Herrschers, der dieses Klagen nicht verstehen konnte, vielleicht da er selbst nie in der königlichen Haushaltsführung eingebunden war.

Was einmal ein starker Herrscher werden will, der interessiert sich früh für Kampfsportarten jeglicher Art und so kam es dann auch, dass er sich 11 Jahre lang blaue Flecke, Prellungen und Stauchungen zuzog.

Interessanterweise war der kleine Herrscher auf Grund eines angeborenen Rückenleidens ausgemustert worden und durfte so an der Landesverteidigung nicht teilnehmen.

Die intensive sportliche Seite hörte erst auf, als man beschloss, eine Familie zu gründen, ein eigenes Schloss zu erwerben und Kinder großzuziehen.

Aus Solidarität hat der kleine Herrscher auch bei den zwei Schwangerschaften der Prinzessin Gewicht zugelegt, das sich leider nicht so einfach verflüchtigte, wie es die Prinzessin, bei der Geburt, vormachte.

Nach 20 Kilo mehr auf der königlichen Waage beschloss der kleine Herrscher, sich wieder intensiver mit Sport auseinander zu setzen. Golf, Ski fahren, Tauchen, all diese Extremsportarten schlugen sich wie ein Wunder nicht auf die Gesamtmasse des kleinen Herrschers aus.

Einige dieser Sportarten sind auch mit großen Gefahren verbunden für Leib und Seele.

Als Beispiel stellte sich schnell heraus, dass es schwerer und schwerer wurde den Skilift zu finden, da die Sicht von Gleichgesinnten an der Bar der Almhütte glatt verstellt wurde. Beim Tauchsport wurde dem kleinen Herrscher schnell klar, dass der gebildete Tauchlehrer von heute, eher einer Tabelle vertraute, als den Erfahrungswerten des kleinen Herrschers. Es kam immer wieder zu intensiven Diskussionen, über die Masse Blei am Tauchergürtel, die benötigt wird, den kleinen

Herrscher und seinen hauseigenen Rettungsring, um die königlichen Hüften, in die berauschenden Tiefen der Meere zu ziehen.

Auch auf sein Drängen hin, weigerte man sich mehr Blei zur Verfügung zu stellen und so spielten sich immer die gleichen Szenen für den kleinen Herrscher ab. Alle anderen tauchen, nur einer klebt an der Meeresoberfläche. Wenn die Tauchkollegen den kleinen Herrscher dann mit vereinter Kraft unter der 5 m Wasserlinie gezogen hatten, war es denn dann auch geschafft.

In Zeichensprache / Tauchersprache erklärte anschließend der Tauchlehrer unter Wasser, dass der kleine Herrscher doch bitte den Griff an der Tarierweste ziehen sollte, der die Restluft in der Weste entweichen ließ, um so ins Meer hinunter zu gleiten.

Gerne überreichte der kleine Herrscher den Griff, den er zuvor bei mehreren vergeblichen Versuchen die Luft abzulassen, bereits abgerissen hatte, dem Tauchlehrer.

Da es sich schließlich herausstellte, dass der kleine Herrscher seekrank wird, war es dann auch bald mit der Freude am Tauchen vorbei (jedenfalls vom Boot aus). Er stellte fest, dass es müßig ist mit seinen Tauchkollegen zu diskutieren, während diese versuchen, Teile des Frühstücks vom kleinen Herrscher von ihren Tauchanzügen abzukratzen.

Weise Ratschläge von anderen Prinzen wurden nur zu gerne entgegen genommen und so wendete sich der kleine Herrscher mehr dem Bodybuilding-Sport zu. Ein befreundeter Prinz, von gewichtigem Format begleitete den kleinen Herrscher gerne in jene Stätten, die aufgebaut sind wie die Folterkammern, die er auf Anraten seiner engsten Vertrauten vor Jahren hatte abbauen lassen.

Ein intensives Studium des sogenannten Studios zeigte auch bald Wirkung, vor allem nach intensivem Gebrauch des Laufbandes (ca. 10

Minuten), bot der zugehörige Whirlpool und das schlosseigene Schwimmbad ein wunderbare Städte der Begegnung mit dem gemeinen Volk.

Auch das Dampfbad war vortrefflich geeignet Konversation zu treiben.

Nach dieser Ertüchtigung wurde gerne auf die hofeigenen Küchen zurückgegriffen, alles war perfekt bis auf das Gewicht des kleinen Herrschers, es wollte und wollte nicht weniger werden.

Als man dann auch noch entschied, diese Wunderstätte des Sports zu schließen, wandte sich der kleine Herrscher einer Sportart mit mehr Format zu. Einer Sportart, die als viert schwerste der zu erlernenden Sportarten, kurz hinter Stabhochsprung kommt:

--- GOLF ---

Welche eine Freude den Ball, ja den Ball, fliegen zu sehen, wie er sich in die Lüfte schraubt und zielsicher, in kurzer Entfernung zum Grün landet.

All dies erhoffte sich der kleine Herrscher, als er zum erstem mal mit dem Profi, dem Professional, oder auch kurz Pro, an der Driving-Range stand, das weite Grün des Golfplatzes, vor seinen Augen…

Der Feueralarm

Als ich noch in der Innenrevision gearbeitet habe, musste ich einmal im Jahr, für drei bis vier Wochen, nach New York fliegen. Die lokale Aufsicht verlangte, dass einmal im Jahr die IT-Infrastruktur auditiert werden musste. Das war als IT-ler mein Fachgebiet und trotz des immer viel zu engen Zeitrahmens waren drei bis vier Wochen nicht das übelste, was man so als Dienstreise antreten konnte.

Eine Einzimmerwohnung ist immer noch günstiger, als ein Hotel, über diesen Zeitraum und so war genug Raum und ein Doppelbett vorhanden, um meine Frau Christina nachkommen zu lassen.

An den Wochenenden wollten wir New York und die nahe Umgebung erkunden. Alles gut geplant von meiner Frau Christina. Dummerweise, nichtwissend, dass für Freitag eine Räumungsübung im WTC2 (World Trade Center 2) geplant war. Es wurde Freitagmittag und das Büro leerte sich super schnell, was wir von den New Yorker Kollegen überhaupt nicht gewohnt waren. Die windigsten Begründungen wurden herangezogen, bis endliche eine Mitarbeiterin mit dem offensichtlichen Geheimnis herausrückte. Heute ist Räumungsübung und wir müssen alle über das Treppenhaus das Gebäude verlassen.

Na Ja, wird schon nicht so schlimm sein, sagte meine damalige Chefin und ein Revisor muss als Vorbild voran gehen und die Entscheidung stand fest, wir bleiben.

Es wurde 15.00 Uhr, das Büro sichtlich geleert, als plötzlich der Feueralarm ertönte.

Seit 9/11 verstehen die Feuerwehrleute und das Personal, das für die Räumung in den Büros zuständig ist, keinen Spaß. Zu tief sitzen die Bilder der Kollegen im Kopf, die im Büro waren, als neben ihnen die

Zwillingstürme einstürzten und Menschen, Rettungspersonal und auch Freunde unter sich begruben.

Noch heute läuft es mir kalt über den Rücken, wenn ich an die Geschichten denke, die mir die betroffenen Kollegen damals erzählt haben. Von ihren persönlichen Erlebnissen, über die Tragödien von Freunden und Bekannten.

Ich konnte noch schnell meine Arbeitstasche raffen und dann waren wir auch schon im Treppenhaus. Alles easy, Morgens in den Aufzug und fluxx (ich meine natürlich flugs) waren wir im 32. Stockwerk. Der 32 Stock, das ist aber eine Menge Stufen dachte ich, aber es geht ja runter, also sollte das doch kein Problem sein.

Auf der Hälfte nach unten angekommen, merkte ich schon wie sich meine Muskeln anfingen zu verspannen. Anhalten war nicht, wenn hunderte, zwar geordnet, aber beständig nach unten drängten. Im Erdgeschoss angekommen, wusste ich zwei Dinge: Erstens, Morgen habe ich einen höllischen Muskelkater und zweitens, wenn sich deine Kollegen verdünnisieren, tue es ihnen beim nächsten Mal unbedingt gleich.

Zurück in der Wohnung habe ich Christina meine Bedenken bzgl. Muskelkater mittgeilt, noch nicht wissend, wie höllisch der am nächsten Tag werden würde. Es wird Morgen und wir eilen zur Subway-Station. Da muss man nur eine kurze Treppe runter auf den Bahnsteig, ein Unterfangen was mir fast die Tränen in die Augen trieb, vor Schmerzen. Auf das Geländer stützend, Schritt für Schritt einer ungeduldigen und wartenden Frau hinterher folgend, kam ich auf dem Bahnsteig an. Normales laufen und auch nachher die Treppen rauf, von der Subway-Station, war kein Problem, nur runter war die Hölle auf Erden. Die Firma, von der wir den Mietwagen erhielten, war sehr freundlich. Service wird in anderen Ländern großgeschrieben, nicht wie in der Servicewüste Deutschland. Wir erhielten einige Tipps und auch ein spezielles Gerät mit dem die Maut, ja andere Länder haben so ein Mautsystem aufgebaut, automatisch von der Kreditkarte abgebucht wird. Man sagte uns, so kommt ihr schneller voran, an den Mautstationen. Ein guter Tipp, der uns wirklich Wartezeiten ersparte, auf dem Weg heraus, aus dem Big Apple, in das nahe liegende Hinterland.

Freunde von uns hatten so sehr von dem Ort Newport geschwärmt und es war längst beschlossene Sache gewesen, diesen Ort zu besuchen. Eine Übernachtung sollte reichen und so ging Christina, während der Autofahrt nach Newport, auf die Suche im Internet nach einer Bleibe für uns. Es sollte ja nur für eine Nacht und im Landesinneren nicht so schwer sein. Du, das wird irgendwie von Minute zu Minute teurer, was soll ich tun, fragte sie, mit festen Blick auf das Smartphone gerichtet?

Buchen, war meine unmissverständliche Antwort. Aber komisch kam mir das dann doch vor, 300 Dollar für eine Übernachtung. Das wird wohl ein Luxuszimmer sein, dachte ich.

Es ist faszinierend, wie schnell sich das Verhalten von Autofahrern in den USA ändert. In der City (New York) gilt das Recht des Stärkeren und das sind ganz klar die Autos und nicht die Fußgänger und keine 10min nach der Stadtgrenze, ist man in der so genannten Country-Side der USA mit seinem gemütlichen und anscheinend komplett stressfreien Landleben.

Es folgte der "Horror Satz" mit dem ich meine liebe Frau in die Verzweiflung treiben kann. „Ich habe Hunger", wobei ich eigentlich schon besser geworden bin und nicht so viele Malzeiten benötige, wie früher. Als Rheinländer ist man gewohnt, früh morgens zu frühstücken, um 10:00 zweites, kleines Frühstück, zumindest eine Tasse Kaffee, zu sich zunehmen, was dann zum Mittagessen führt, pünktlich um 12:00h. So gegen 16:00h muss dann ein kleines Stück Kuchen, ein paar Kekse oder ein Teilchen (auch Stückchen genannt) dran glauben, bis es um 19:00h endlich Abendessen gibt, was gegen 21:00h, mit einem Eis abgeschlossen wird. Ordnung muss sein. Die vier Kuchen essenden Mädels in dem Song von Udo Jürgens waren, meiner Meinung nach, definitiv Rheinländerinnen. Der Rheinländer in mir, isst halt wenig, aber oft und dann viel.

Wohlan, da kommt ein Diner auf dem Highway sagte ich zu meiner Frau, eine Institution, welche ich schon immer mal gerne besuchen wollte und das kommende sah so aus, wie man es in Filmen immer wieder zu sehen bekommt.

Bitte unbedingt beachten, auch in einem Diner am Highway gilt: „Wait to be seated". Was uns später erklärt wurde, als ich mich darüber beschwerte, als kein Personal unsere Bestellung aufnehmen wollte.

Egal, auch gelernt und Newport war nicht mehr weit entfernt. Was ist denn hier los, schoss es uns durch den Kopf, als wir die Stadtgrenze von Newport erreichten.

Jetzt war uns klar, warum wir einen so hohen Preis für das Hotel (sollte man übrigens besser Unterkunft nennen) bezahlen mussten. Eine überregionale Bootsmesse war gerade gestartet, mit jede Menge Unterhaltung und Festivitäten. Trotzdem, alle so freundlich, sogar die Auto hielten an, wenn man die Straße überqueren wollte, ganz anders als in New York, wo man erst noch mal Gas gibt, um den Fußgänger final von der Straße zu jagen.

Zu der Zeit war ich voll im Oldtimerfieber gefangen und hatte mir gerade einen Willis Jeep von 1954 zugelegt und so war ich begeistert, als gefühlt, jedes zweite Auto ein Jeep war. Klar, kann das Christina zu Verzweiflung bringen, wenn der Ehemann ständig sagt, „schau mal ein Jeep". „Und?", war die Aussage von ihr. „Aber Schatz, der war doch in einer anderen Farbe..."

In unserem Hotel angekommen wurde uns erklärt, dass das Schlafhaus einen Block weiter wäre, mit Parkgelegenheit für unseren Mietwagen. Also, auf zum Zimmer. Was für eine Überraschung, als wir ankamen. Ein Zimmer in einem dreistöckigen, uralten Holzhaus. Dreimal dürft Ihr raten, wo unser Zimmer, ohne Aufzug, war. Richtig, ganz oben unter dem Dach und das Zimmer war nicht abschließbar, es hatte nur innen einen Riegel zum vorschieben. Nach einem Zimmersafe zu fragen ersparte ich mir. Nicht, dass ich das bei einem Zimmer, für 300 Dollar die Nacht, erwartet hätte.

Entschädigt wurden wir von dem munteren Treiben in der Stadt und dem vorzüglichen Essen in einem, doch sehr vornehmen, Restaurant. Ja, Ja, so einfach sind die Männer zufrieden zu stellen.

Es wurde später Abend und wir beschlossen zu Bett zugehen, nicht ohne noch mal zu überlegen, wie ich ohne die höllischen Schmerzen, Morgen früh die Treppe hätte runter kommen sollen.

Es war gegen zwei Uhr morgens, als ein schriller Alarm uns auf-schreckte. Feuer, in einem Holzhaus, unter dem Dach, keine angenehme Vorstellung.

An dieser Stelle muss ich wirklich noch mal meine liebe Frau loben. Ich versuchte noch die Hose über meinen Schlafanzug zu ziehen, als sie geistesgegenwärtig bereits unsere Wertsachen zusammengesucht und im den Rucksack verstaut hatte. Jacke und Schuhe an und nun ging es, langsam, sich auf das Geländer stützend, unter Schmerzen, drei Stockwerke hinunter. Aber trotz Schmerzen wurde ich immer ruhiger, denn kein Feuer ohne Rauch und hier war kein Rauch, sagte mir meine alte Feuerwehrmannnase.

Ich glaube, als Letze verließen wir das Haus und wurden schon von dem herannahenden Feuerwehrwagen mit Sirenengeheul begrüßt. So ein richtiger Feuerwehrwagen, wie aus den Hollywood-Filmen und die Jungs mit diesen Äxten und den riesigen, roten Helmen.

Was einem doch so alles in den USA geboten wird, dachte ich und bemerkte das schnatternde Jungvolk, barfuß, nur mit Schlafanzug bekleidet, neben uns.

Wir dagegen, voll angezogen, Jacken, Schuhe und Rucksack mit Wertgegenständen, sahen da eher wie Aliens aus, in der frierenden Menge. Ich hätte mich ja gerne zum Wärmen angeboten, bei den netten Hasen, die langsam blau anlaufend, um uns herum fierten. Aber, ich glaube, mein Verhältnis zu meiner Ehefrau hätte darunter leiden können.

Am nächsten Morgen, ich wurde immer besser mit meiner Abstütztechnik, die Treppe hinunter zu kommen, verließen wir den Ort Newport, der uns so viel erleben ließ. Über Mystic, ein kleines, unter Denkmalschutz stehendes, ehemaliges Fischerdorf, das man uns aufs dringlichste angeraten hatte anzuschauen, verließen wir die uns lieb-gewonnene Country-Side und machten uns auf den Weg nach New York.

Was ist denn hier los, mussten wir uns zwangsläufig wiederholen, als wir in den Big Apple eintauchen wollten. Überall Polizei, die uns den Weg versperrte und uns daran hinderte zum Mietwagenverleih durch-zukommen. Mit dem Orientierungsinn von Christina und dem letzten Restakkupower des Smartphones, für die Karten-App, fanden wir schließlich den Autoverleih und konnten den Wagen rechtzeitig zu-rückgeben. Orientierungssinn hin oder her, ich bin fest davon über-zeugt, ohne App hat man mehr Abenteuer in unseren langweiligen Welt.

Später am Abend erfuhren wir von dem Bombenanschlag Up-Town und ich bin froh, dass wir zu der Zeit nicht im Big-Apple waren.

Aber, die Einschläge kamen näher. Das ist aber eine andere Ge-schichte, die wir in New York, ein Jahr später erleben sollten.

Umzingelt und Ausgetrickst

Die Wettervorhersage und die kommende Mondphase waren vielver-
sprechend und so hatte ich mich schon den ganzen Tag gefreut,
abends bzw. des Nächtens auf die Jagd zugehen. Zum drittenmal in
Folge, diese Woche. Allerdings mit dem Unterschied, dass es diesmal
richtig spät werden konnte, da ich anderntags einen arbeitsfreien Tag
plante.

Nochmal schnell auf dem Mobile die Zeiten geprüft, an den die Kirrungen von den Wildschweinen angenommen wurden und die Entscheidung stand fest, der Hochsitz mit dem Namen Heiner sollte es werden.
Die Auswertung der Wilduhr zeigte, dass zwischen 23:00h und 01:00h
das Wild die Kirrung annimmt. Es wurde 21:00h und ich würgte mich
in die warmen Jagdklamotten, denn sternenklar und kalt sollte es werden. Mit großer Vorfreude und einem sehr guten Gefühl im Bauch startete ich in mein Jagdabenteuer. Wie Wolfgang Niedecken in einem seiner Lieder singt „Alles wor su wie et sult".

Im Revier angekommen, parke ich immer zuerst unter der letzten Laterne, bevor es in den Wald geht, um meine Waffen zu laden. Nach
meiner letzten panischen Suche, nach dem Gewehrmagazin, ein
neues Ritual. Sollte das nicht alles perfekt geplant sein? Eigentlich
müsste ich „ja" sagen, aber die Patronen / Magazine und ich stehen
irgendwie auf Kriegsfuß und so kam, was kommen musste.

Da ich nebenbei auch noch begeisterter Sportschütze bin und an Wett-
kämpfen teilnehme, bei denen ein Magazinwechsel bzw. neu Laden
des Revolvers nötig ist, habe ich mir einen sogenannten Speedloader
mit dem 3D Drucker gebastelt. Nicht, dass es die Dinger für ein paar
Euro zu kaufen gäbe, aber der Bastler und Modellbauer in mir, wollte
das halt selbst entwickeln.

Ab und zu kommt dann doch der Ingenieur bei mir durch und so hatte ich für den ersten praktischen Einsatz den Speedloader mit sechs Patronen geladen und in die Jackentasche gesteckt. „Unclever", wie meine Tochter sagen würde, habe ich keine Sicherung eingebaut und so kam es, dass ich unter dem Licht der Laterne, meine wegkullernden Patronen einsammeln durfte, die sich unbeeindruckt meiner Flüche, ihrer neuen Freiheit berauschten.

Als ich die letzte Patrone unter dem Auto hervor gefischt hatte, war ich

schon etwas genervt und dachte mit Schrecken, was noch alles so passieren würde, wo ich mich doch so auf den Jagdabend gefreut hatte.

Aber, was soll ich sagen, ich bin ohne weitere Schrecksekunden auf dem Hochsitz angekommen, es ist ja Winter und der Sitz ist schon von weiten zu sehen…

Auf dem Hochsitz habe schnell begonnen mich häuslich einzurichten, Decke raus, einwickeln, Fernglas und Gewehr in Position, durchladen und gesichert. Alles perfekt, ohne weitere Desaster. Selbst das Mobile hatte ich vorsorglich auf vibrieren gestellt, bis auf…

So circa 23:15h, als ich aus meinem Jägerschlaf erwachte, als Jägerschlaf bezeichne ich gerne den Dämmerzustand von mir, in den ich teils schlafend, teils halbwach, nach einem langen Tag verfalle, wobei zur Ehrenrettung, ein Ohr nicht schläft und sich meldet „Ohr an Großhirn, aufwachen, wenn sich draußen etwas regt".

Jedenfalls bin ich der festen Überzeugung, dass das so abläuft und ich immer wach werde begann es vor mir im Wald zu rascheln. Exakt um 23:27h, die Applikation „Katwarn" meldet sich mit einem lauten „Beeeeeep" und möchte mir unbedingt mitteilen, dass Hessen neue Vorgaben bzgl. der Pandemie (Wir sind immer noch in der Corona –Krise) vorgibt. Alle anderen Applikation dürfen nur summen, „Katwarn" darf halt auch ein „Beep" ausgeben, so war meine gewählte Vorgabe.

„AUS", war mein Gedanke, wieder das Mobile, das mir einen Strich durch die Rechnung macht. Aber, was soll ich sagen, unsere Jogger, Spaziergänger und Güterzüge gewohnten Wildsauen waren in keinster Weise beeindruckt und bewegten sich zielstrebig auf meinen Hochsitz zu.

Da war es wieder, dieses Gefühl, wenn das Adrenalin sich im Körper ausbreitet, das Herz anfängt zu pumpen, um den gestiegenen Sauerstoffbedarf an die nun angespannten Muskeln, schnell weiterzuleiten. Wer das mal erlebt hat, weiß, dass man einen Millionenjahre alten Jagdtrieb nicht in ein paar Jahrtausenden verdrängen kann, in dem wir als Bauern und Viehzüchtern sesshaft wurden.

Fernglas an die Augen und schon sah ich meine potentielle Beute für den Jagdausflug. Fünf Sauen bewegten sich zwischen den Bäumen, von links kommend auf mich zu. Stopp, jetzt müsst Ihr doch abbiegen auf die Kirrung, wo wir den leckeren Mais für Euch ausgelegt haben. Aber anscheinend waren die Würmer und Engerlinge schmackhafter als der Mais. Echt doof dachte ich, in dem Winkel kann ich keinen sauberen Schuss anbringen. Also, warten war angesagt und echt lärmend zogen die Sauen an mir vorbei, um dann rechts wieder in meinem Sehfeld zu erscheinen. Gerade so, dass man nicht schießen kann. Ich fühlte mich versetzt, in die alten Western mit Indianern und den unbewaffneten Siedlern in ihrer Wagenburg, verzweifeln auf den Einsatz der Kavallerie wartend. Nur hier war was falsch!

Ich saß, bis an die Zähne bewaffnet in der Wagenburg und meine wehrlosen Indianer umzingelten mich, allerdings immer drauf bedacht, nicht in mein Schussfeld zu geraten. Was nun, dachte ich.

Okay, aushungern war nicht möglich, dafür besitze ich genügend Reserven, die eigentlich den Luxus weiterer Nahrungsaufnahme, untersagen sollten. Es dauerte auch nicht lange und meine Wildschwein-Indianer erkannten wohl meine waffentechnische Überlegenheit und verabschiedeten sich in die Richtung, aus der sie gekommen waren.

Ich bin sicher, eine der Sauen hat mich mit einem Auge angezwinkert und mir zugerufen:

--- heute nicht ---

Eine viertel Stunde später, bei langsam weichenden Büchsenlicht, habe ich den Rückzug angetreten und mein letzter Gedanke im Auto war:

Da haben die Sauen echt Schwein gehabt

Im Autokino

Da muss es erst mal zu einer Pandemie, wir sind immer noch im geregelten „Lockdown" der Corona-Krise, kommen, dass ich mit meinen 54 Lebensjahren, zum ersten Mal ein Autokino besuche.

Meine liebe Frau Christina ist der treibende Faktor in unserer Beziehung, wenn es sich um Kultur handelt. Nicht, dass ich das nicht genieße, aber trotzdem ich bin immer wieder positiv überrascht, welche kulturellen Aktionen wieder und wieder auf unserem Freizeitprogramm stehen.

Museen, Konzerte, Tanzveranstaltungen, Golf und Kinobesuche, um nur einige Events zu nennen. Alles wird von Christina organisiert und ich füge mich gerne und freiwillig in die kulturelle Opferrolle. Mit dem „Lockdown" verbunden wurden die meisten der möglichen Veranstaltungen gekippt, ganz zum Unmut meiner lieben Frau.

Endlich wurden die Vorgaben nach einigen Wochen etwas gelockert und ein „Run" auf Einrichtungen entstand, bei denen die Abstände von mindestens 1,5m zwischen den Personen eingehalten werden konnte. Da bietet sich so ein dahinsiechendes Autokino natürlich an und wie Phönix aus der Asche, war in unserem Autokino plötzlich völlig „Hip" und die Hölle los.

Waren wir für den ersten Besuch gut ausgerüstet? Eigentlich erübrigt sich die Frage, wenn man an meinen Rucksack für die Jagd denkt. So kam es also, dass wir, mit Decken, Jacken, Getränken und Knabberzeug ausgestattet um 20:30h beim Kino vorfuhren.

Was für eine riesige Anlage dachte ich mir und gut organisiert, denn Christinas Smart-Phone wurde durch die geschlossene Seitenscheibe des Autos gescannt und uns mittels Einweiser ein Platz zugewiesen.

Wann startet der Film fragte ich: Um 21:30h, wenn es dunkel wird erklärte Christina. Ahh, deshalb sollte ich mein Tablet mitnehmen. Was hätten wir auch eine ganze Stunde tun sollen, nach so vielen Jahren... Jedenfalls wickelte ich mich in meine Decke und streckte meine Füße aus, nachdem ich mich mit dem Autositz in die Endposition katapultiert hatte. Ja, Ja, in einem Autokino, musste ich lernen, steht das Auto mit den Vorderrädern auf einem kleinen Hügel, damit man die Leinwand auch richtig sehen kann. Jedenfalls donnerte mein Sitz, nach den Gesetzen der schiefen Ebene und der Schwerkraft, man ist ja in dem Alter ja auch nicht mehr der Leichteste, krachend in die Endposition.

Nun hieß es warten. Endlich, nach einer gefühlten Ewigkeit, startete

die Kinowerbung. Tolle Sache, im Autoradio musste nur die richtige Frequenz eingestellt werden und schon hat man Ton und das sogar in Stereo. Der Film startet und es wurde richtig spannend, was man an den sich langsam beschlagenden Fenstern nachvollziehen konnte. Jetzt war mir klar, warum die anderen Kinobesucher die Seitenfenster einen kleinen Spalt aufließen.

Schlagartig fühlte ich mich in das Jahr 1986 zurückversetzt. Das Jahr, in dem ich einen 1200er Käfer mit 34 PS mein eigen nennen durfte. Okay, der Mustang, den ich heute fahre hat 421 PS, verbraucht aber auf 100km, immerhin nur die Hälfte an Sprit, im Vergleich zum VW Käfer. Trotzdem, das Gefühl einen Käfer zu fahren kann man nicht beschreiben, das kann man nur erleben. Wie zum Beispiel Stephan, mein Studienkollege, mit dem ich eine Fahrgemeinschaft gegründet hatte. Stephan hatte zwei wichtige Aufgaben als Käfer-Beifahrer.

Erstens, die Frontscheibe im Winter während der Fahrt von innen regelmäßig vom Beschlag zu säubern, damit der Fahrer wieder was sehen konnte und zweitens, zu schwitzen oder zu frieren. Der Käferfahrer weiß, dass die Heizung beim Käfer nur zwei Stellungen kennt. Die besagte; schwitzen oder frieren.

Armer Stephan, zu Beginn des Wintersemesters hatte sich das Seil an der Heizung auf der Beifahrerseite gelöst und er bekam nur kalte Luft aus der Lüftung an die Füße und ins Gesicht gepustet.

Zu Beginn des folgenden Sommersemesters war es dann auch endlich warm genug, so dass ich unter den Käfer krabbeln konnte,

damals noch möglich, heute würde ich wohlmöglich feststecken und reparierte das Heizungsseil. Leider nicht sehr fachmännisch, man studiert ja Elektrotechnik und nicht KFZ-Bau, und so kam es, dass Stephan nun den ganzen Sommer nur heiße Luft aus der Lüftung zu gepustet bekam.

Na Ja, kein Problem das mit den beschlagenen Scheiben sagte ich zu meiner Frau, Käfor erprobt, Christina schalte doch bitte mal die Zündung ganz an, damit ich die Fenster öffnen kann.

--- Das war ein Fehler ---

Ich hatte nämlich vergessen, dass unser Auto die Scheinwerfer einschaltet und ebenfalls die Innenbeleuchtung sobald der Zündschlüssel in Position „ON" gebracht wird. Es wurde hell (sehr hell im Kino) und ich immer kleiner in meinem Sitz.

Die ersten bösen Blicke der anderen Kinobesucher trafen uns bereits.

Die Scheinwerfer und die Beleuchtung für die Vordersitze lässt sich ja noch mit der Hand einfach ausschalten, aber die Beleuchtung der Rücksitze geht, nach einer gefühlten Ewigkeit (30 Sekunden), von alleine aus und ist mit der Hand von Fahrer- oder Beifahrersitz nicht zu erreichen.

Da half auch nicht der energische Kommentar des Kinoeinweisers „Wir sollen gefälligst das Licht löschen". Wie gesagt, man kann sehr tief in den Sitz rutschen…

Es kommt ja noch schlimmer, in der Panik hatten wir die Zündung des Autos ganz ausgeschaltet und wenn wir nun die Zündung wieder einschalten würden, würde sich das Spektakel wiederholen. Damit wir diesen Fehler nicht nochmal begehen, hat uns das Autoradio alle 10min daran erinnert, für den Rest des Filmes, in dem es sich in regelmäßigen Abständen automatisch ausschaltete --- Natürlich bei den spannendsten Filmszenen --- und musste ständig von Hand wieder eingeschaltet werden.

Alles recht schrecklich für uns Beide, aber die Kinonachbarn hatten auch so ihre Probleme. Da war zum Beispiel der Mustang-Fahrer der anscheinend die Betriebsanleitung nicht gelesen hatte, denn aus Erfahrung mit meinem Mustang weiß ich, dass nach spätestens 5min die Warnungen anfangen, doch bitte den Motor zu starten weil die Batterie überlastet ist. Das hält man eine Weile aus, aber dann entwickelt sich ein Eigenleben beim Mustang, wie ich sonst noch nicht erlebt habe. Weiter Warnungen bis hin zur Totalabschaltung alle Systeme, was auch nicht gut kommt bei Neustart des Motors. Also startete der Fahrer den Motor, was bei einer 5 Liter-Maschine einen tollen Sound gibt, ist halt nur etwas lästig im besagten Autokino, weil da nicht nur der Motor startet sondern auch pflichtgemäß, neuer EU-Regeln, das Tagfahrlicht eingeschaltet wird. Wer tiefer im Sitz versunken ist kann ich leider nicht beurteilen, aber ich war doch etwas schadenfroh und glücklich, dass sich die Aufmerksamkeit von unserem Fahrzeug auf ein anderes verlagerte.

Außerdem war da noch die Sache mit dem Auto zwei Reihen hinter uns. Da meinte die Alarmanlage des Autos die beiden Innsassen als potentielle Autodiebe identifiziert zu haben und machte dies den anderen Kinobesuchern mit Warnblinklicht und sehr lauter Hupe kenntlich. Es entstand etwas Hektik im Auto, da man anscheinend nicht wusste, wie die Alarmanlage ausgeschaltet wird. Ja Ja, wer liest schon gerne hunderte Seiten Bedienungsanleitung. Jedenfalls berechnet an der Sitztiefe, in die der Fahrer hätte sinken müssen, müsste er unter den Auto angekommen sein. So im Vergleich zu uns und dem Mustang-Fahrer.

Trotz unserer, doch denkwürdigen Erkenntnisse, steht ein weiterer Autokinobesuch an. Hoffentlich mit weniger Aufmerksamkeit, für die anderen Kinobesucher.

Killermücken

Alles fing damit an, dass meine liebe Frau via SMS mir mitteilte „Hier ist nichts los, komm mich bitte abholen". Klar war das im Wald, denn wir waren auf der Jagd nach Rehböcken. Also schwang ich mich elegant von meinem Hochsitz runter und machte mich auf den Weg zum Auto, um Christina bei ihrem Ansitz abzuholen.

Es dauert nun mal eine Zeit bis der Ehemann auftaucht und so stand Christina bereits am Anfang des Pirschweges zur Fahrbaren (Name des Hochsitzes) und wartete auf ihren Chauffeur.

Eine Zeit, die eine der gefährlichen Killermücken nutzte, um meine Frau über dem linken Auge zu stechen. Halb so schlimm könnte man meinen, aber nicht bei meiner Frau. Um das näher zu erklären, ein Beispiel aus einem der letzten Spanienurlaube.

Jener besagte Typus von Killermücke hatte während des Golfspiels meine Frau in das erste Gelenk vom Ringfinger der rechten Hand gestochen, was Christinas Abwehrsystem mit einer riesigen Schwellung quittierte.

Christina konnte den Golfschläger nicht mehr richtig halten, da die Schwellung so stark wurde, dass sie den Finger nicht mehr krümmen konnte.

Da half nur kühlen und so opferte ich mich in den nächsten Tagen bereits morgens Sangria oder Tinto de Verano zu trinken. Allerdings warm, da meine Frau sich die Eisklümpchen aus meinem Glas klaute, um damit Ihren Finger zu kühlen.

Ja ja, Sangria, ein tolles Getränk in Spanien und jeder, aber auch wirklich jeder, mixt sie etwas anders, oder vergießt sie unabsichtlich über den Tisch an dem meine Frau und ich saßen, als wir eine Reitpause einlegten.

Nicht was sie jetzt denken könnten, ich meine wirklich die großen vierbeinigen Hottehühs. Jedenfalls schafften es die anderen Reiterinnen, großer Vorteil als Mann ist man meistens der einzige Reiter und kann sich so richtig als Hahn im Korb fühlen, auf die Seite zu springen, aber leider meine Frau nicht.

So geschah es, das ein großer Teil der Sangria sich über ihre Reithose ergoss. Auch nicht schlimm denkt man, trocknet doch schnell in der warmen Sonne Spaniens. Aber, der Ritt zurück war eine Qual für Christina, da sämtliche Stechfliegen total auf Blut mit Sangriageschmack standen.

Zurück zum Anfang der Geschichte. Es war also klar, dass am nächsten Morgen eine kleine Schwellung zu erwarten war, nur wirklich klein sollte diese nicht werden.

Jedenfalls wachten wir am nächsten Morgen, vom Piepen des Weckers, auf und üblicher Weise gebe ich meiner lieben Frau dann einen ersten Guten-Morgen-Kuss. Dabei rutschte mir allerdings diesmal heraus: „Hey, von der Seite betrachtet könntest du als Asiatin durchgehen". Ich wusste es, als ich den Satz aus meinem Mund hörte, das war kein guter Start in den Morgen...

Christina bekam das linke Auge überhaupt nicht mehr auf und musste sich sogar krank melden, an jenem Tag.

Drei Tage später, die Schwellung war merklich zurückgegangen, was ich mit einem, „Man kann deine Krähenfüße wieder sehen", kommentierte.

Was soll ich sagen: Ich kann hier den Rest, des so nett gestarteten Abend, mit den Worten meines literarischen Vorbildes abschließen:

"Der Rest ist Schweigen"

Bleifrei im wildfreien Revier

So als Jungjäger schafft man es immer wieder, sich in der Gruppe von erfahrenen Jägern, in das nächstliegende Fettnäpfchen zu setzen, oder der besser gesagt mit Anlauf hineinzuspringen. Hier ein paar Beispiele:

Wildfreies Revier

Ich hatte gerade mal ein paar Ansitze hinter mir und so ziemlich alle Fehler durchlebt, die man so als unerfahrener Jäger machen kann. Klar dass, das Wild mich bereits von Ferne wahrgenommen hat und sich längst von dannen gemacht hat, noch bevor ich mich im Hochsitz gemütlich machen konnte.

Trotzdem musste ich bei der nächsten geplanten Revierarbeit meinen Unmut über die fehlenden Wildsichtungen kund tun mit dem Satz,

„Das ist ein total wildfreies Revier"

Seit dem Tage an, muss ich mir nun, unter Genugtuung aller anderen Jäger, diesen Satz ständig anhören, wenn ich mal wieder ein Reh oder eine Sau erlegt habe.

Die Wildkamera

Da ich sicher war, dass kein Wild an den Kirrungen war, habe ich eine Wildkamera installiert, um meinen Jagdkollegen zu beweisen, dass es kein Wild in unserem Revier gibt. Mit Ausnahme der paar Abschüsse, der anderen Jäger, die ich natürlich mehr auf Zufall zurückführte.

Dumm nur, wenn dann die Wildkamera, die Auswertung musste ich in die „WhatsApp-Gruppe" stellen, jede Menge Füchse, Hasen, Sauen und Rehe zeigte, um nur einiges aufzuführen, was sich so alles über den Mais der Kirrung hermachte.

Da war er wieder der Satz „Das ist ein ist total Wild ..." und wurde mir von den Jagdkollegen gerne und erschöpfend vorgetragen.

So richtig in Fahrt kam die Diskussion, bzgl. Nutzung einer Wildkamera, als ich eine Frage zum Thema Datenschutz stellte. Ob man die Kamera überhaupt aufhängen dürfte, wollte ich wissen?

Es wurden nun die wildesten Meinungen in unserer „WhatsApp-Gruppe" vertreten und jede Menge Beispiel aus dem Internet zitiert.

Parallel kontaktierte mich mein Pächter und meinte, ich hätte wirklich eine Gabe, von Fettnäpfchen zu Fettnäpfchen zu springen. Leider konnte ich ihm hierzu nur beipflichten.

Die ganze Diskussion zum Thema Einsatz der Wildkamera erübrigte sich dann schnell und wurde kurzer Hand, auf natürliche Weise, final von Mutter Natur abgeschlossen, durch einen im Sturm umgestürzten Baum, der die Kamera zerlegt hat.

Die Frage mit den jagdfreien Tagen:

Die Osterwoche brach an und als Rheinländer ist man mit großer Wahrscheinlichkeit auch Katholik. Jedenfalls als ich geboren wurde, war das noch so.

Im Dorf gab natürlich eine katholische Grundschule, auch wenn da eine Minderheit von evangelischen Schülern unterrichtet wurde.

So fragte ich mich also, ob die Jagd an Karfreitag, dem Todestag Jesu, erlaubt ist oder nicht? Was macht der Jungjäger also, richtig, eine „WhatsApp" in die Reviergruppe senden mit der betreffenden Frage. Was für eine Resonanz! Ich wollte doch nur mal anfragen.

Lange Diskussionen mit Verweisen auf Links im Internet, wurden da präsentiert, die ein für und wider nicht wirklich klärten.

Interessant auch, auf welchen Internetseiten wir uns alle so rumtrieben.

Ein Ende der Diskussion erfolgte erst, als einer unserer Pächter darauf verwies, dass es Jeden selbst überlassen ist, ob er aus ethischen Gründen, die Jagd ruhen lässt oder nicht.

Wer die Hubertus-Legende nachlesen will, hier eine schöne Beschreibung. https://www.katholisch.de/artikel/65-der-heilige-aus-dem-wald. Interessant fand ich selbst beim Lesen, wer alles und aus welchen Gründen, den Heiligen Hubertus für sich beansprucht.

Bleifreie Geschosse

Wie jeder Jäger sicherlich schon mehrfach erlebe durfte, kann man sich ausgiebig über das zu verwendende Kaliber unterhalten.

Das ist immer sehr aufschlussreich, vor allem, wenn man dann schließlich fragt, welches Kaliber denn nun wirklich von dem Jäger genutzt wird...

Wir waren also in der üblichen angeregten Kaliberdiskussion, als ich nebenbei erwähnte, dass ich bleifreie Geschosse verwende.

--- Oh Ah, das geht ja mal gar nicht ---

Vor mindestens 20 Jahren hat „man" das schon mal ausprobiert. Taugt alles nichts und jetzt wäre ja nun wirklich klar, warum meine letzte Sau noch 20m gelaufen ist. Mit einem Bleigeschoss hätte die gelegen...

Es machte Platsch und ich fühlte mich wieder drin, im besagten Fettnäpfchen. Nicht, dass die Entwicklung der bleifreien Geschosse einen Entwicklungssprung gemacht hätte, über die letzten 20 Jahre, aber einmal ausprobiert und die Entscheidung der erfahrenen Jäger stand fest. Der schönste Kommentar kam allerdings von unserem Jungjäger, „Ein bleifreies Geschoss ist doch viel leichter als ein bleihaltiges Geschoss".

Was der Jagdkollege meinte war natürlich, dass ein bleifreies Geschoss größer sein müsste, auf Grund des spezifischen Gewichtes von Blei.

Wobei, ist ein 168 Grain bleihaltiges Geschoss wirklich nicht schwerer, als ein 186 Grain bleifreies Geschoss !?!

Einen Bock geschossen

Es ist der 25. September und laut Jagdgesetz hat alles Rehwild nun Jagdzeit und so machte ich mich auf, zum Brunnensitz, um dort so gegen 19:00h auf Rehwild anzusitzen. Laut Jagdzeitschrift würde die Sonne gegen 19:15h untergehen und so würden mir dann noch ein-einhalb Stunden, bis 20:45h bleiben, um auf Rehwild anzusitzen.

Für den nicht Jäger: Das Jagdgesetz schränkt die Jagdzeit für Rehwild auf 1,5h vor Sonnenaufgang und 1,5h nach Sonnenuntergang ein. Hört sich seltsam an, ist aber sinnvoll, da vor bzw. nach dieser Zeit-spanne, das Licht für einen guten Schuss nicht mehr ausreichend ist. Der Jäger spricht hier von fehlendem Büchsenlicht. Oder anders aus-gedrückt:

Nix mehr hell genug für bum bum…

Mittlerweile war es lausig kalt und ich fühlte mich nicht besonders wohl in meiner Sommerkleidung, wo es doch am Mittag noch so warm war, dass ich im T-Shirt herum gelaufen bin und in den letzten Nächten es kaum abgekühlt war. Also die neue Decke um die Beine geschlungen und warten war angesagt.

Hatte ich schon erwähnt, dass mal wieder etwas mehr Ausrüstung hin zugekommen ist. Ja, Ja, man will schließlich mit der Zeit gehen und nach fast vier Monaten, ohne jeglichen Jagderfolg, habe ich mir eine Wärmebildkamera gegönnt. Eine tolle Sache, Kamera ans Auge und schnell mal über die Kirrung bzw. Salzlecke gestreift und man hat ei-nen Überblick, den man mit einem herkömmlichen Fernglas nicht hat.

Ich würde sagen, das war mein erster Fehler am Abend, der mich später eine schlaflose Nacht gekostet hat. Zurück zum Ansitz, es wird 20:00h und nichts, aber auch gar nichts, ist los. Der Wald ist total trocken, es hat seit Wochen nicht geregnet und man meint das Revier ist wie leergefegt.

Wie sooft, seit 19:00h, streift mein Blick, bisher vergeblich, über die Kirrung und die Salzlecke. Stopp mal, da steht ja Rehwild an der Salzlecke und wie üblich ganz lautlos erschienen. Da frage ich mich immer, wie die das bloß schaffen. Gehen sie mal über einen Waldboden voller vertrockneter Blätter / Äste und lauschen Sie dem Konzert, der raschelnden Blätter und knackenden Äste. Besser können das nur die Mäuse und Vögel an der Kirrung. Je kleiner das Tier, um so lauter im Wald, heißt, es nicht umsonst, bei den Jägern.

Zurück zu meinem Rehwild. Auf dem Monitor der Wärmebildkamera stand das Rehwild groß, breit und mit erhobenem Kopf an der Salzlecke

*** Perfekt ***

Hmm, sieht wie ein Bock aus, keine Spinne zusehen, die müsste sehr warm angezeigt werden.

Das war der zweite Fehler. Die Kamera stand auf dem Modus, warm gleich weiß und nicht auf Farbe, ansonsten hätte mir die Spinne und der fehlenden Pinsel auffallen müssen. Warme Körperstellen werden rötlich angezeigt und heben sich vom weißen Umriss des Wildes ab. Mit dem Fernglas konnte ich nicht mehr richtig sehen, schon zu Dunkel.

Dritter Fehler: Mein Pächter sagt immer, wenn Du mit dem Fernglass nichts mehr siehst, ist der Schuss zu unsicher. Egal, ob Du im Zielfernrohr das Wild noch sehen kannst.

Aber mit meinem guten Zielfernrohr beschloss ich, es waren ja alle Umrisse des Wildes zusehen und die Gefahr des Fehlschusses gering. Da war er, der dritte Fehler.

Außerdem, zwischen den Ohren kann ich doch ein Gehörn erkennen dachte ich und so krümmte sich mein Finger am Abzug. Mein finaler Fehler. Ein kurzes Zucken durch den ganzen Körper des Tieres und das Rehwild lag.

Langsam packte ich meine Sachen zusammen, wickelte mich aus der Decke und brachte alles zum Auto, schließlich soll man mindestens fünf bis zehn Minuten warten bevor man zum Anschuss geht.

Für den nicht Jäger: Hört sich auch brutal an, aber sterben dauert. Kommt man zu früh zum Anschuss, dann kann es sein, dass das Wild sich erschreckt, einen Adrenalin stoß erhält und los rennt. Tödlich getroffen, wird es nach einiger Zeit qualvoll sterben. Wartet man, dann ist das Reh vom Schock meistens wie gelähmt, legt sich hin und stirbt in sehr kurzer Zeit, falls es nicht sofort Tod ist, durch die Schockwirkung.

Nach dem Verladen des Equipments, was gewöhnlich eine ausreichende Zeit dauert, wegen dem Ding mit dem vielen Jagdequipment im Rucksack... stiefelte ich zum Anschuss. Ein sauberer Schuss, etwas zu hoch, so dass die Wirbelsäule und Lunge durch das Geschoss getroffen wurden. Deshalb auch keine Flucht, dachte ich mir. Ich drehe das Wild auf den Rücken und mit entsetzten sehe ich das Gesäuge einer Ricke. Was für eine Schei... hast Du hier angestellt, raste es durch meinen Kopf.

Hier eine kurze Erklärung für den nicht Jäger:

Laut Gesetz ist alles Rehwild ab 01. September zur Jagd frei. Also rein rechtlich gesehen liegt kein Fehler von mir vor, der meine gerade beschriebene Reaktion erklären könnte.

Aber, wir Jäger haben unsere eigenen Gesetze der Waidgerechten Jagd und das besagt:

Eine Ricke ist erst zu erlegen, wenn man zuvor das Kitz erlegt hat. Hört sich erst mal brutal an, macht aber aus Sicht des Tierschutzes vollkommen Sinn. Das Kitz kann bereits im September soweit sein, dass es alleine überleben kann. Bei unseren mittlerweilen milden Winter auch gut möglich, aber halt nicht unbedingt gewiss. Somit erst das Kitz, damit es nicht qualvoll im Winter verendet und dann die Ricke...

Mit einem schlechten Gewissen machte ich mich auf zur Wildkammer, nachdem ich die Ricke in den Wagen geladen hatte. Dort angekommen gab es zuerst das übliche Waidmanns Heil und dann einen sehr, sehr, ernsten Blick vom Pächter. Wir vollendeten die rote Arbeit (Ausnehmen und versorgen des Wildes) und zogen uns zum Gespräch zurück. Einige unangenehme Fragen musste ich mir gefallen lassen, was ich ja auch verdient hatte. Immerhin war das Jagdfieber stärker, als die Vernunft gewesen und auch, wenn gesetzlich kein Fehler vorlag, gab es die Ermahnung beim nächsten Mal den Finger gerade zu lassen und nicht den Abzug des Gewehres zu drücken.

Die kommende Nacht war nicht schön, immer wieder ging mir mein Fehler durch den Kopf.

*** Wie konnte ich nur ***

Neue Ausrüstung, Erfolgsdruck den man sich selbst macht und nun war da jetzt, vielleicht, ein Kitz, dass seine Mutter sucht. Alles vergessen, was uns die Lehrer in der Jagdschule beigebracht haben? So richtig geschlafen habe ich nicht und das sah man mir anscheinend an, als wir uns zur Revierarbeit, am nächsten Tag trafen.

Tja und das sieht man wieder was einen passionierten Jäger und Pächter ausmacht, denn nach dem ich ihm erzählt habe, was ich für eine Nacht hatte, sagte der nur:

Das ist bestimmt schon manchem passiert und mir zeigt, deine Reaktion, dass Du die Jagd ernst nimmst und dich um die Wildtiere sorgst. Lass es jetzt einfach gut sein. Es ist geschehen und nicht umkehrbar. Allerdings nicht, ohne den mahnenden Blick auf mich zu richten.

Mir war jedenfalls klar: Da hast Du einen richtigen Bock geschossen!

Zu guter Letzt

Falls Ihnen das Buch gefallen hat, empfehlen Sie es bitte weiter. So ein Jägerleben ist halt teuer und über 80 Mio. verkaufte Bücher würde ich mich doch sehr freuen.

Sollte Ihnen das Buch überhaupt nicht gefallen haben, dann empfehlen Sie es doch einem Bekannten oder Nachbarn, den Sie wirklich nicht leiden können. Das hilft mir und Sie können sich freuen, über „Ihre" gute Tat.

Ihr Peter Schneider

Glossar für Nicht-Jäger

Jagdlicher Begriff	Erklärung
Absehen	Art des Fadenkreuzes im Zielfernrohr
Anschlagsübungen	Das Jagdgewehr in die richtige Position bringen, um einen Schuss abgeben zu können
Anschuss	Der Anschuss ist der Ort im Gelände, wo das Wild vom Projektil der Jagdwaffe getroffen wurde.
Ansitzsack	Vergleichbar mit einem Schlafsack zum warm halten in kalter Witterung
Äser	Kiefer des Wildtieres z.B. Rehwild
Aufbrechen	Entfernen der Eingeweide des Wildtieres
Bache	weibliches Wildschwein
Begehungsschein	Erlaubnis / Genehmigung in einem Jagdrevier auf die Jagd zu gehen
Blattschuss	Die Kammer ist der Bereich oberhalb des Zwerchfells und beinhaltet das Herz und die Lunge.
Bruch (Bruchzeichen)	Bruchzeichen sind mit (von Pflanzen abgebrochenen oder abgeschnittenen) Zweigen gelegte Zeichen, die von Jägern während der Jagd und bei bestimmten gesellschaftlichen Anlässen verwendet werden.
Celica	Sportwagen der Firma Toyota
Der Schuss bricht	Die Gewehrkugel verlässt unter lautem Knall den Gewehrlauf
Erlegerbruch	Siehe Bruchzeichen. Hier die Ehrung des Schützen, der das Wild erlegt / geschossen hat.
Frischling	junges Wildschwein
Führen einer Waffe	Es führt eine Waffe, wer die tatsächliche Gewalt darüber außerhalb der eigenen Wohnung, Geschäftsraumes oder des eigenen Besitztums ausführt. Oder einfacher, das Herumtragen einer Waffe in der Öffentlichkeit.

Gestreckt	Gestreckt oder erlegt. Zu Tode kommen eines Wildtieres durch äußerliche Einflüsse.
Hahn in Ruh	Hornsignal das das Ende der Jagd ankündigt
Hege	Nach § 1 Abs. 2 Bundesjagdgesetz hat die Hege zum Ziel die Erhaltung eines den landschaftlichen und landeskulturellen Verhältnissen angepassten artenreichen und gesunden Wildbestandes sowie die Pflege und Sicherung seiner Lebensgrundlagen. Beeinträchtigungen der ordnungsgemäßen Land-, Forst- und fischereiwirtschaftlichen Nutzung, insbesondere durch Wildschäden sollen durch Hegemaßnahmen geringgehalten werden.
Hirsch	Männliches Rotwild, Sikawild oder Damwild
Hochwild	Alles Schalenwild mit Ausnahme des Rehwildes wie z.B. Damwild, Sikawild, Rotwild, Wildschweine. Außerdem Auerhahn, Stein- und Seeadler
Hubertusfeier	Feier zu Ehren des heiligen Hubertus am 3. November
IR-Kamera	Infrarotkamera (Wärmebildkamera)
Jagd	Jagd ist das Aufspüren, Verfolgen, Fangen und Erlegen von Wild durch den Jäger
Jagdherr	Der Einladende zur Jagd, oftmals der Revierpächter oder Revierbesitzer
Jagdleiter	Organisator / Leiter der Jagd
Jagdpächter	In Deutschland ist die Jagd in Jagdreviere aufgeteilt. Diese können verpachtet werden an einen Jagdpächter. Das gleiche Revier kann ggf. von einem Bauern gepachtet werden. Doppelte Nutzung desselben Landesstückes.

Jägerschlag	Aufnahme des jungen Jägers in die Jägerschaft mit dem Jägerschlag. Der Jungjäger erhält zu dem Vers (von Region zu Region verschieden) drei leichte Schläge mit dem Hirschfänger (großes Messer) auf die linke Schulter und wird mit Handschlag in die Reihen der Jägerschaft aufgenommen und mit Waidmannsheil zum ersten Mal von Jäger zu Jäger begrüßt. - Der erste Schlag soll Dich zum Jäger weihen - Der zweite Schlag Dir Waidgerechtigkeit verleihen - Der dritte Schlag sei Dir Gebot, was Du nicht kennst das schieß nicht tot
Jungjäger	Vergleichbar mit Berufsanfänger
Kanzel	Hochsitz
Keiler	männliches Wildschwein
Kirren	anlocken des Wildes mit Futter (oftmals Mais)
Klappern	Wildschweine die die Stoßzähne, auch Hauer oder Waffen genannt, aufeinanderschlagen. Man könnte auch Zähneklappern dazu sagen.
Klug-Phones	Smartphone
Kriechströme	Sehr kleine Spannungsverluste im Auto, die die Autobatterie belasten. Dauert das sehr lange, bis das Auto wieder gefahren wird und somit die Autobatterie wieder aufgeladen wird, kann das zur völligen Entleerung der Autobatterie führen.
Kurzwaffe	Revolver oder Pistole
Langwaffe	Gewehr
letzter Bissen	Ein kleiner, unbearbeiteter Zweig wird dem erlegten Wild quer in den Äser (Maul) gelegt. Er symbolisiert die letzte Mahlzeit

Niederwild	Alles Wild das nicht Hochwild ist
Pinsel	Männliches Geschlechtsteil des Schalenwildes
Pirschzeichen	Als Pirschzeichen bezeichnn Jäger alles, was beschossenes Wild am Anschuss zurücklässt. Dazu gehören: ausgetretenes Blut (jagdlich: Schweiß), Tierhaare, Knochensplitter, etc...
Reh	weibliches Rehwild
Rehbock	männliches Rehwild (nein das ist NICHT der Hirsch)
Rotte	Familienverbund von Wildschweinen
Schalenwild	z.B. Damwild, Rotwild, Rehwild, Sauen
Salzlecke	Stelle zur Versorgung von Wild- und Weidetieren mit Mineralsalzen
Sau	jagdliche Bezeichnung für Wildschwein
Schießkino	Kino indem mit Gewehren auf jagdliche Filmszenen geschossen wird
Schonung	Anpflanzung von jungen Bäumen
Schüsseltreiben	Gemeinsames Essen der Jäger nach einer (Gesellschafts-)Jagd
Schützenbruch	Bruchzeichen das dem Jäger nach erfolgreicher Jagd übergeben wird
Schweiß	Aus der Schusswunde ausgetretenes Blut
Schweißspur	Bluttropfen die auf dem Gelände zusehen sind
Stände	z.B. Hochsitz
Strecke legen	Alle erlegten Tiere einer (Gesellschafts-)Jagd, nach einer festgelegten Ordnung in Reihen ausgelegt

Strecke verblasen	Jede erlegte Tierart z.B. Rehwild, Fuchs, etc.... hat ein eigenes Hornsignal, das die Jagdhornbläser zu Ehren des Tieres blasen
Spinne	Gesäuge beim Schalenwild
Treiber	Bei der Jagd Wild aufscheuchende Personen
UVV	Unfallverhütungsvorschrift
Verhoffen	Wild das kurz stehenbleibt, wenn es z.b. ein Geräusch gehört hat
Verludert	Geschossenes Wild, das nicht gefunden wird, verkommt und verwest.
waidgerechte Jagd	Ungeschriebenes Gesetz der Jägerschaft, dem Wild so wenig wie möglichschmerzen zuzufügen beim erlegen. Ebenfalls ein faires Verhalten bei der Jagd gegenüber dem Wild.
Waidmann	Jäger
Waidwundschüsse	Schlecht gezielte Schüsse in den Bauchraum des Tieres
Wildkammer	Raum in dem das Wild versorgt wird, ausgenommen wird.
Wilduhr	Eine Wilduhr ist eine in der Jagd gebräuchliche Uhr, die der Beobachtung der Gewohnheiten des Wildes dient. Ausgelöst durch Erschütterung oder Bewegung wird die aktuelle Zeit und ggf. das Datum gespeichert
zeichnet im Feuer	Verhalten des Wildes, wenn es von der Gewehrkugel getroffen wird

Diese Buch enthält Links zu externen Webseiten Dritter, auf deren Inhalte ich keinen Einfluss habe. Deshalb kann ich für diese fremden Inhalte auch keine Gewähr übernehmen. Für die Inhalte der verlinkten Seiten ist stets der jeweilige Anbieter oder Betreiber der Seiten verantwortlich. Die verlinkten Seiten wurden zum Zeitpunkt der Verlinkung auf mögliche Rechtsverstöße überprüft. Rechtswidrige Inhalte waren zum Zeitpunkt der Verlinkung nicht erkennbar. Eine permanente inhaltliche Kontrolle der verlinkten Seiten ist jedoch ohne konkrete Anhaltspunkte einer Rechtsverletzung nicht zumutbar.